Limón partido

Limón partido

María Milnne

La Pereza Ediciones

Limón partido
Primera Edición
© Yulki Sánchez Molina, 2014
© Sobre la presente edición:
La Pereza Ediciones, Corp
Editor: Greity González Rivera
Diseño de cubierta: Alejandro F. Romero
Ilustración de portada: © Jorge Iván Narváez

Manufactured in United States of America

ISBN-13: 978-0692247556

ISBN-10: 0692247556

www.laperezaediciones.com

Para Lucy, quien al partir,
me dio la misión de no olvidarla
jamás.

A Yoli,
desde cualquier arcoíris.

I

Las vacas de Monte Espuma no son comunes
y es que Monte Espuma no es un lugar común.
Si bien es un pasto donde se cría el ganado sil-
vestre, no es verde como han de ser todos los
pastos; ni llano, ni la tierra es dividida por un
río donde las vacas beben agua y refrescan.
Monte Espuma está en el pico de una montaña, la más elevada del valle Yapó. Exactamente
en el límite que separa la tierra del cielo. Si mi
tío Manolo –que sabe adornar las palabras para
decir las cosas– viera este lugar, diría que las
vacas revolotean entre las nubes y las estrellas
se revuelcan en la hierba. Tan mezcladas unas
con otras llegan a confundirse. De tanto rozar
el suelo las nubes se han enraizado. Lo mismo
que en el cielo, adoptan varias formas al crecer.
Las he visto como ranas, globos, conejos,
aviones... He visto –y probado– como no es
leche lo que producen, sino algodón. Cada nube que se comen es más dulce que el manjar de
leche.

Mi primer viaje a Monte Espuma ocurrió
un domingo, a esa hora en la que no hay nada
atractivo en la televisión y nos damos cita en

una esquina del barrio para ir a mataperrear. A Cancho se le ocurrió hacer un papalote –¡El más grande del mundo! –especuló. Cancho no es un especulador, pero es el más sabio de los tres y habla con una seguridad que me deja perplejo. Él está lleno de aspiraciones, de sueños; cuenta las cosas como si ya las hubiese vivido y conociera el futuro. Yo pienso que cuando sea un hombre va a ser orador, porque a Cancho hay que oírlo. De sólo decirme, "confía en ti", le pierdo el miedo a los números y salgo bien en el examen. Por eso cuando dijo: "¡El más grande del mundo!", a mí se me erizaron los pelos, y Mindi –como si tuviera el papalote volándole en los ojos– salió corriendo a buscar un rollo de cartulina, güines, tela y pegamento.

Cortamos, pegamos, ajustamos los frenos y estuvo. Ahora se dice fácil, pero no lo crean, trabajo el que pasamos hasta para levantarlo. Era del tamaño de una pared. El lunes después del colegio, fuimos a un edificio de muchos pisos para empinarlo. Subimos por la escalera, cuidando no romperlo. Las personas que bajaban tenían que orillarse y esperar. En la azotea, otros niños del edificio que nos ayudaron a subirlo y yo, lo sostuvimos por detrás. Cancho y Mindi bajaron para entre los dos tirar del carrete.

En el mismo momento que Cancho y Mindi echaron a correr para impulsarlo, una bandada de palomas mensajeras pasó por allí, doblemente impulsado salió volando el papalote, y yo con él. Los niños de la azotea se quedaron vociferando. Cancho y Mindi soltaron el carrete del asombro –y hasta del susto– mucha gente en la calle se detuvo a mirar; pero yo, sin encontrar razón para mi tranquilidad, experimentaba una sensación como la de Aladino la primera vez que voló la alfombra mágica.

Las palomas me guiaron por el cielo hasta la misma cúspide del valle Yapó. A un aleteo de la Roja Reina –así llaman a la paloma que guía– dejaron caer el papalote de forma tal, que parecía la última hoja de un árbol en otoño. Fue muy extraño, las vacas bramaban mi nombre constantemente, como si me conocieran o me esperaran. Un bovino de dos años traía en el cuello sonando una flor de campanita y corría ágilmente sobre sus patas traseras. Me ofreció el primer algodón – "Pamuramú nuestromú huespedemú demu honoromú". – ¡Lo nunca visto, era de limón con tamarindo agrio, pero dulce! Había de todos los sabores, combinaciones, colores y formas, según las nubes que comían. Por ejemplo: si una nube tenía forma de papa y era de chirimoya y otra tenía forma de espejuelos y era de aguacate, el algodón salía en forma de papa con espejuelos y de chimoca-te. Comí uno tras otro algodones de pinfresa, sanalón, chocoyaba, vainimango, mentoco...

Aprendí a interpretar sus bramidos, jugamos a la pelomutamú –que significa pelota en bra-miliano– y se juega con nubes de cirumaní que los becerros arrancan antes de que se formen figuras. Uno de ellos la tira y el que la capture tiene derecho a comérsela y lanzar la próxima. Jugando a la pelomutamú conocí a Bacornio, una ternerita pinta, reflaca, que nació con un hueco en la frente. Los otros terneros se reían y a veces esperaban a verla dormida para colar estrellas en su orificio. Bacornio no se moles-taba. Simulando un bostezo y entreabriendo los ojos, echaba a correr de un lugar a otro pa-ra hacer más difícil y divertido el juego. Suce-dió que ese día, mientras jugábamos, Bacornio tenía que lanzar la pelomutamú, pero no pudo. Cuando se preparaba, sin esperarlo, se desma-yó. Como si sufriera una erupción volcánica, brotó de su frente la punta de una estrella que la bautizó. Nadie sabía por qué y hasta brama-ron que era un castigo del sol. En medio de la algarabía, grité que existen animales fantásticos de un solo cuerno llamados unicornios. Hicie-ron silencio, se apartaron desconfiados e inten-tando convencerlos narré –primero en voz de secreto– algunos cuentos que había leído en el libro de tío Manolo. Así fue cómo, al despertar, la ternerita pinta, reflaca, no se llamaba Baco, sino Bacornio.

De todas las cosas que suceden en Monte Espuma, lo más divertido es la lluvia de risas. Las vacas se reúnen en círculo, inclinadas sobre sus patas delanteras braman a una sola voz: ¡solmú, solmú, solmú, mú, mú! Entonces el sol, que no le gusta hacerlas esperar, entra en el círculo y ellas cosquillean sus rayos. De tanta alegría él hace llover carcajadas. Después, las vacas hacen una represa de risa gigante y la rodean con nubes. Es una risa limpia, azul, que lo alegra todo. Y si encuentran una nube en forma de barco, pasean divertidas por todo Monte. Para que cese la risa tienen que cantar una canción. De la última lluvia me aprendí esta:

La mulantera,
la molanmote,
la murantura,
la muranté

Que en nuestro idioma quiere decir:

La risa alegra,
la risa baña,
la risa limpia,
y es para usted.

13

Cuando se seca la última risa todo vuelve a ser como antes, pero más fresco. El día termina en ese justo momento, porque esto sí ocurre en Monte Espuma: anochece y amanece cada media hora; y siempre coincide que después de la risa: viene la noche. Inmediatamente, aparece el circo de estrellas. Van de aquí para allá, cruzándose con el viento y haciendo maromas. Hay estrellas que saben girar paradas en una sola punta. La verde Leo –llamada así por sus puntas verdes afiladas como las garras de un león– salta un aro brillante que hacen sus hermanas. La Comiverde cuenta chistes, pero la que me pone bobo es la estrella Maga. Esa no se parece a las otras. Su parpadeo es como el latido de mi corazón cuando veo a Isa y los labios de Isa son tan rosados como ella. Isa tiene las uñas largas y la estrella Maga tiene una varita de nube mágica. Cuando estoy en la escuela, Isa es mi estrella Maga, y cuando estoy en Monte Espuma, la estrella Maga es mi Isa.

La Maga hace una reverencia y las otras chisporrotean para adornar el cielo. Ella se quita el sombrero, saca una nube amarilla, le da un beso mágico y la devuelve azul; saca una nube violeta y la devuelve naranja; saca una blanca y la devuelve multicolor. Hace bailar su varita en el aire, aspira bocanadas de viento y devuelve

14

nubes en forma de serpentinas. Tiene un libro de colorear vacas; lo muestra, vemos las figuras sin color y después de un beso mágico las muestra coloreadas. Ese es el número que más nos gusta a las vacas y a mí. El circo de estrellas no dura mucho tiempo, a la media hora regresa el sol y ellas se esconden para ensayar el espectáculo que inaugura el Festival de las Vacas Brujas.

II

Hoy es mi cumpleaños. No estoy feliz. Mamá quiere hacer una fiesta e invitar a mis amigos, pero no quiero. Cuando cumplí cinco, mi hermana Itzen y su amigo Guille me despertaron vestidos de payasos. "¡Que todos los niños estén muy atentos, la dulce princesa se va a despertar; ya todos los niños te esperan contentos; es tu cumpleaños, hay que festejar!". Itzen me regaló un traje de Blancanieves y ese fue el día más feliz de mi vida.

Desde que ella se marchó a la Mitad del Mundo, mi mundo se ha quedado sin mitad y sin tamaño. Itzen no sólo es mi hermana, también es mi mamá. Ella lo decía: "Mami Odilia me tuvo a mí y yo te tuve a ti. Yo te tuve en mi corazón y mami Odilia nos tuvo a las dos en su barriga. Primero a mí, para crecer rápido y cuidarte cuando llegaras". Ya sé que los corazones no paren niños, sino sentimientos, pero desde pequeña me acostumbré a decirle mami Itzen.

La primera vez que vi títeres, mami Itzen me llevó a ver una obra de teatro; la primera vez que fui a al río, ella me compró un salvavidas.

Después de almorzar se acostaba conmigo y leía cuentos para dormir. De vez en cuando me daba un libro y decía: "lee tú para que yo duerma". Por ese entonces yo no sabía leer, pero ojeaba el libro e inventaba los diálogos de los personajes que veía en las láminas. En los cuentos que Itzen narraba, Caperucita no era simplemente una niña de capa roja; su capa tenía poderes mágicos que la hacían invisible. La Cucarachita Martina le hacía muchas preguntas al Ratón Pérez pasa saber si realmente era el ratón de su vida... Ahora sé que ella inventaba cosas que no están en los cuentos. Eso los hacía más entretenidos.

En las noches secas de invierno dormía en mi cama y los pies le quedaban colgando. Muchas veces me oriné. Qué buena Itzen, con su pijama mojado también, se levantaba a buscar sábanas limpias y otro pijama para mí. "Es que..." "Es que mi niña en las noches visita la playa y trae los bolsillos repletos de olas". Me daba un beso y nos volvíamos a dormir.

Itzen me enseñó a hacer unas lámparas fantásticas con cocuyos. Para que jugáramos, buscaba cartones viejos y un buen espacio donde construir una casa en la que ella sólo cabía sentada. Me enseñó a patinar. Yo era la única que podía tocar su guitarra. Después compró una para mí. En su cuarto hay una máquina de escribir muy antigua. Dice mamá que un escritor famoso se la regaló y por eso ella la cuidaba tanto. Antes, yo velaba que Itzen no estuviera para jugar con las teclas, pero siempre se daba cuenta. "Tú has visto, Isa, el fantasma de Onelio estuvo aquí. Dejó la **O** presionada".

A la salida del colegio pasaba por mí y me llevaba a tomar helados. Después montábamos en los columpios y si me mecía en uno que tiene forma de barco, cantábamos la canción "Barquito de papel". Ella me enseñó todas las canciones infantiles que conozco. Me enseñó a hacer figuras de papier marché; las vocales, a contar, a llevarle flores todos los días a la maestra y para poner en el busto de los Héroes de la Patria. Pero el día que me colocaron la pañoleta, Itzen no estuvo conmigo, y la extrañé.

Toda la familia fue al aeropuerto a despedirla. Desde esa tarde yo tengo la costumbre de mirar los aviones que pasan por encima de la casa. Aunque vuelan muy altos, tengo la impresión de que Itzen va en cada uno diciéndome adiós. No sé si en la Mitad del Mundo los niños se quedan mirando los aviones con la boca abierta, pero en este país tenemos esa costumbre. Cuando pasa un avión y estamos jugando en el patio, la ronda se detiene y todos alzamos la cabeza para mirarlo. Yo me río ahora porque recuerdo una vez que a Pablito le cayó popó de ave en la frente.

No pudo llegar a tiempo para mi cumpleaños siete; el dueño del aeropuerto había vendido todos los aviones. Entonces fue al zoológico y habló con "Galy" –una tortuga de Galápagos– para que la trajera. Me mandó una foto cabalgando a Galy, con un sombrero fino, porque a ella le encantan los sombreros. "Son para que no se me escapen los sueños" –me decía. Y por detrás de la foto estaba escrito: "Isa, Galy camina muy lento, pero llegaremos sin falta el próximo año".

En otra carta que llegó después, me dijo que el humo de la fogata que hicimos en el patio, había llegado hasta su casa y le contó lo bien que la pasamos. Es cierto, la fiesta fue agradable, pero no estuve alegre. No como cuando ella vivía con nosotros.

Hoy es mi cumpleaños. No estoy feliz. Itzen no llega todavía. Mamá quiere hacer una fiesta e invitar a todos los niños. Yo no quiero.

–Isa, la vida no se detiene porque las personas que queremos no estén con nosotros físicamente –dice mamá–. Ahí donde nacen los sentimientos, Itzen está siempre contigo. Pon tu mano… ¡Siéntela!

Por este cumpleaños Itzen me envió una muñeca y un libro de cuentos. Escribió una carta para toda la familia. Me pide que sea buena y me da las gracias por quererla mucho. "No me olvides", dice. Pero ella no sabe que la extraño tanto, tanto, tanto, que desde que mandó aquel video en el que tiene la cara más blanca y los ojos llorosos y mira de frente a la cámara para que yo la vea ahí, cerquita, y me dice: "A ver mi niña, dame un abrazo verde y grande", todas las mañanas lo miro antes de ir a la escuela. Y cuando dice: "A ver mi niña, dame un abrazo verde y grande", mamá lo pausa, y yo me abrazo al televisor.

"Isa, Galy camina muy lento, pero llegaremos sin falta el próximo año".

Querida familia:

El país donde vivo ahora tiene los pies descalzos y usa ropa nueva, de modo que parece un hombre de negocios sin zapatos. Todavía no me adapto al frío y la casa es tan grande que sobrarían los cuartos si todos viviéramos aquí. He visto a los niños vendiendo dulces en las guaguas y he pensado en lo dichosa que es Isa, con una escuela y una maestra todos los días. Sí, Isa, aquí también hay colegios, pero los niños pobres están demasiado ocupados en trabajar.

Ayer Andrés me llevó al Teleférico; tiene 3985 metros de altura sobre el nivel del mar. Está ubicado en la Loma Cruz, una de las colinas de las inclinaciones del volcán activo Pichincha (4794 metros), que está en el oeste de la ciudad de Quito. Desde allí se puede tocar el cielo con las manos. Yo tenía las manos sucias, Isa, por eso no agarré ningún pedazo. No iba a mandarte un cielo sucio, ¿comprendes?

Hoy cenamos con su familia. La madre de Andrés es una viejita muy simpática. Se parece a ti, abuela. Pero ella tiene el pelo más blanco y no hace historias tan originales como las tuyas.

Mañana tengo mi primera entrevista de trabajo. Andrés tiene un amigo que trabaja en la Casa de

Cultura Ecuatoriana y necesitan una editora en el departamento de Literatura.

Isa, sé que cuando veas la foto preguntarás qué es esa sábana de colores que tengo por encima de la ropa. No es una sábana, se llama poncho, y es una prenda de vestir típica de Sudamérica. Es como un abrigo de diseño sencillo, consistente en un trozo rectangular de tela pesada y gruesa, con un agujero en el centro para la cabeza. La tela se deja caer sobre el cuerpo, así como tú la ves. Allá no usamos ponchos porque nos asfixiaríamos.

Ahora dime, ¿sigues sembrando flores para las mariposas? Esta primavera ya no haremos lámparas, tienes una misión nueva: a cada cocuyo que logres cazar, dale un beso y un saludo de mi parte, luego déjalo ir. No olvides plantar el cundiamor para los tomeguines. Ahora que no estoy, promete que no dejarás de quererme y promete que no crecerás tan rápido.

Un beso infinito para todos. Los extraño mucho.

Itzen Amapola.

Con los tíos de Andrés

Esa fue la primera carta que recibimos, hace ya mucho tiempo. Su nombre completo es Itzen María de los Ángeles, pero a ella le gusta firmar Itzen Amapola. La verdad, no sé por qué; su flor preferida es la azucena. Pero así es mi hermana, tiene sus mañas y sus vicios, como todas las hermanas.

Mamá leyó la carta y lloró sin lágrimas, lloró para adentro. Itzen enseñó a mamá a llorar así. Dice que es mejor tener el corazón mojado, porque entonces se fertiliza y hace nacer sentimientos más frondosos. Cuando la abuela habla de Itzen, llora por fuera, porque la abuela ya tiene sus propios árboles de sentimientos bien enraizados. "¡Qué más da, si ya estoy vieja!". El problema de la abuela no es que está vieja, sino que tiene una memoria muy gastada. Por eso no recuerda que Itzen la enseñó a llorar.

La foto la pusieron en un cuadro, y yo le pedí la carta a mamá para guardarla debajo de mi almohada. Cuando mudaba un diente, Itzen lo ponía debajo de la almohada para que el Fantasma de los Dientes Caídos trajera otro –y así sucedía–. Seguramente el Fantasma de los Regresos traerá a Itzen si guardo esta carta.

Ayer un niño me haló el cabello, y me hubiera gustado preguntarle a Itzen qué hacer en estos casos. ¿Debo mirarlo con cara de villana y decirle chiquillo feo? Ella hubiera sabido qué hacer. Yo no hice nada; ni le dije chiquillo feo, ni le devolví el halón de pelos. Me quedé estática, muda. Desde que Itzen no está me he vuelto muy torpe.

¡Ay, Manolito! ¡Manolito es el niño de mis sueños! Enseguida vino y me preguntó si estaba bien. Y me pidió permiso para darle un puñetazo al chiquillo feo. Yo le dije que no, porque Manolito parece una vara de cazar gatos de lo flaco que está, y si ese niño lo lastima, ¡me muero! ¡Pero fue tan lindo que viniera a preocuparse por mí! ¡Total, sólo fue un halón de moños! Y honestamente, no creo que él sea capaz de golpear a nadie.

No pienso contarle a mamá sobre Manolito, pero a Itzen le hubiera confesado que él me deja florecitas en el asiento. Bueno, nunca lo he visto, pero tiene que ser él, ¿quién más?

III

Cuando regresé a casa de mi primer viaje, Cancho y Mindi me esperaban en la sala para ir al parque. Veríamos los fuegos artificiales de no recuerdo cuál celebración. Mi madre no me regañó por la demora ni preguntó qué estaba haciendo ni con quién. Al principio pensé que mis amigos me habían justificado, pero cuando intenté contarles lo que había visto, comprendí que no me creían.

—¡En el papalote que hicimos! —insistí.

—Se fue a bolina, ¿no te acuerdas?

—Te quedaste bobo mirando esas palomas...

—¡Con el trabajo que pasamos para subir el papalote al edificio!

—Parecías un sonámbulo, todo el mundo se fue y tú ni te enteraste. Te pregunté si ibas a bajar, moviste la cabeza pero no dijiste nada.

—¡Chico, si tú no quieres andar con nosotros nos lo dices, y ya!

—Me sentía bien allí.

—¡Isa te está trastornando!

—Son cosas mías.

Por primera vez experimenté la confusión. Mis amigos no recordaban haber presenciado mi despegue. Mamá se comportaba como si no hubiese notado mi ausencia. Camino al parque reorganicé los hechos mentalmente tal y como habían ocurrido, y recordaba cada detalle excepto cómo y en qué momento pude regresar. Estábamos en primera fila, a punto de ver el cielo adornado con palmeras y estrellas artificiales. Salí corriendo de regreso a casa sin dar explicación.

—¡Tío!— abrí la puerta como si toda la asfixia del mundo estuviera en ese instante concentrada en mí —¡Tío!, ¿la realidad puede ser un sueño? ¿Cómo puedo saber si algo sucedió realmente, o lo soñé?

—A veces deseamos tanto una cosa que soñamos con ella y nos parece real, pero al despertarnos, descubrimos…

—¡Entonces, no!

—No, ¿qué?

—Nada.

—Manolito, ¿quieres contarme lo que soñaste?, a lo mejor resulta un cuento.

Mi respuesta era otra, pero si alguien podía creer en mí era el tío, siempre dispuesto a complacerme y escuchar.

—Mis amigos y yo hicimos un papalote, cuando lo estábamos empinando salí volando en él y llegué a Monte Espuma. Las palomas me guiaron por el cielo hasta la misma cúspide del valle Yapó (…) Comí unos tras otros algodones de pinfresa, sanalón, chocoyaba, vainimango, mentoco (…) De todas las cosas que suceden en Monte Espuma, lo más divertido es la lluvia de risas (…) Y se escondieron para ensayar el espectáculo que inaugura el Festival de las Vacas Brujas. ¿Me crees?

–Cuando vuelvas a tener un sueño como ese, cuéntamelo– respondió mi tío y continuó escribiendo.

Durante el día, el Festival de las Vacas Brujas era como ir al parque de diversiones. Había diez nubes de juegos y cada una de distinto color. Bacornio fue mi compañera en cada peripecia. En la Nube Azul aferró sus cascos fuertemente y jugamos a chocar con otras vacas que giraban. Yo cabalgaba sobre ella como si fuese uno de esos monteros que desafían a los toros en el rodeo. La guiaba aguantándome de sus orejas, porque como ya dije, Bacornio luce su único cuerno en la frente. Luego nos subimos a la Nuberusa, que es como la montaña rusa pero en forma de canal, y la propia nube es la que te impulsa. Ese juego me recordó a mi madre, es como treparse en el mantel y viajar en las ondulaciones que se forman cuando lo sacude antes de poner la mesa. Íbamos a montar en la Nube Verde cuando Merón, el toro más viejo y sabio de Monte, anunció que faltaban diez minutos para el anochecer y era hora de ir preparando los disfraces.

El segundo tiempo no resultó lo que esperábamos. Las quince vacas en competencia aguardaban disfrazadas, esperando la señal para iniciar el desfile; la banda musical que acompañaría al circo de estrellas también estaba lista y justo en el minuto veintinueve, cuando comienza el cambio de sol a luna, la estrella Maga sufrió una decoloración. Su rosado parpadeante se transformó en neblina. Rápidamente Merón la reconoció y determinó que era estrellés.

–Puede ser –reafirmó el Lucedirector– Se había preparado constantemente para este número.

–Sucede cuando tenemos mucha carga de energía –explicó Merón– Ella debe descansar. La llevaron a su camerino para que reposara con tranquilidad. Mientras tanto, sus compañeras analizaban el incidente.

–Si mis puntas no me engañan, en otra ocasión le sucedió algo así, y no estábamos próximas al festival –dijo la Comiverde–. Fue cuando nos atacó el frío del sur. Ella dijo que lo había presentido, ¿recuerdan?

–Es cierto –parpadeó la verde Leo–. Es preciso que avisemos a la Dragonvaca para que nos caliente.

—¿Cómo? ¡La Dragonvaca debe descansar dos fases por cada frío del sur que nos acalora!

—¡Si nos ataca no podremos resistirlo, estamos en la media hora de penumbra!

—¡Busquen las nubes más tibias que haya! ¡Que toque la banda! —desesperó Merón.

Estrellas y vacas iniciaron una carrera descontrolada en todas direcciones como las multitudes de las películas de guerras, escudriñando nubes calientes en todos los rincones. En medio de tantos bramidos y parpadeos yo sólo pensaba en la Maga, en cómo había dejado de preocuparles su salud y temí que ese frío del sur también me congelara.

Atraídas por la situación vinieron a mí imágenes de la película "Los conquistadores del fuego", que había contemplado en una clase de historia; y se me ocurrió que podía hacer una fogata como en las acampadas de exploración, pero de la forma que lo había ideado tenía que sacrificar a Bacornio.

Merón amontonaba nubes tibias. Me acerqué para decirle que yo podía salvarlos, y era preciso que se detuviera la música para explicar mi solución.

—Necesitamos las nubes más secas de todo Monte, las que nunca han llovido y... el tarro de Bacornio —dije, cuando estuvieron todos reunidos a mi alrededor. La exclamación que pronunciaron parecía ensayada para entonar en un gran coro. Bacornio dio un paso atrás, cabizbaja, temerosa, intentando ocultarse entre las demás. Caminé hacia ella y antes de que pudiera acariciarla, dijo en un tono triste: "Si te doy el cuerno perderé mi nombre, seré Baco otra vez... si me niego, todos perderemos, el frío del sur puede destruir Monte Espuma. Lo que sea que pueda salvarnos, ¡hazlo!". En ese momento –lo confieso–, sentí un estremecimiento en mi interior, no estaba seguro de poder conquistar el fuego como el hombre primitivo, a fin de cuentas, en las acampadas uno lleva toda clase de utensilios. Pero estaba decidido por lo menos a intentarlo. "Una vez que tenga la nube frotaré el tarro hasta que el calor provoque el fuego –dije, sin apartarme de Bacornio todavía–, después tendremos que mantener el fuego entre todos arrojando más nubes secas". Esta vez no hicieron exclamación alguna, me miraban fijamente, esperando a que fuese yo mismo a buscar la nube seca, a que desprendiera el tarro de mi amiga con mis propias manos. Y ese fue el dilema que me salvó, no hubo manera de que aquel cuerno, como ella lo llamaba, se resistiera a abandonarla.

–¡Sigan recolectando nubes tibias! –ordenó Merón– ¡Vamos, no hay tiempo que perder!

31

Por primera vez me sentí excluido y extraño entre ellos. Para suerte nuestra, llegó la media hora del amanecer y no hubo frío alguno, la estrella Maga estaba verdaderamente estrellada. Yo regresé a casa melancólico, con la sensación de ser arrastrado por el viento como una hoja seca.

Al rato, estaba de vuelta. Llevé el libro de cuentos que publicó mi tío. Busqué a Bacornio, le ofrecí disculpas y leímos juntos algunos cuentos. El que más le gustó fue este:

La primera noche que Cañusa planificó salir al acecho, con un disfraz de gato se subió en el tejado. Su amigo Chuco se lo recomendó. "Maúlla las tres primeras horas de oscuridad –le dijo en tono de broma para alimentar su fantasía–. Hazle creer que la necesitas para atraer a tu gata, la luna es la trovadora del amor felino, cuando esté bien cerca… ¡zas!, la capturas…." Pero Mituchi no imaginó que en todo el condado había más de diez gatas en celo y que desde el primer maullido aparecerían todas para ronronear y disputárselo. Escabulléndose de latón en latón, saltando de techo en techo, logró escapar. "Disfrázate de perro", sugirió Chuco esta vez. Los ladridos de Mituchi eran tan estrepitosos que la luna se asustó y aunque la de esa noche debía ser luna llena, no salió. Por eso cuando Chuco le propuso disfrazarse de ratón, Mituchi no aceptó. Le parecía ridículo persuadirla con ese disfraz. ¿A quién se le ocurre que un ratón puede atraer a la luna, si ella sabe que en su imagen de queso gigante él puede intentar morderla? Se fue entonces a buscar un bumerán. Agitándolo con toda la fuerza de su brazo lo lanzó, cortándola de una brecha. En otra ocasión le disparó con un tirapiedras. De no ser por una nube que el celaje hacía avanzar en forma de conejo, quien recibió el impacto y se pegó para siempre en su cráter, la hubiese tumbado esa misma noche.

Nadie sabía por qué Mituchi quería cazar la luna y en su empeño por tenerla lo habían bautizado como el cazador. Cuando Chuco intentaba poner en claro el propósito de Cañusa, este siempre respondía "Ya te lo he dicho, tengo que decirle algo importante". Chuco daba la vuelta y reía bajito para no ofenderlo, al fin y al cabo, su amigo era como un niño grande.

Cuando salió a buscarla por enésima vez, Mituchi notó que la luna no estaba fija en el cielo, sino, que saltaba de un sitio a otro, incluso hasta lugares donde él podía atraparla con sus propias manos. Abandonó cualquier idea que había meditado y la persiguió. Mágicamente la luna revoloteaba. Primero por entre las paredes de las casas, iluminando el interior de los cuartos y cosquilleando las caras dormidas de las gentes, después por los charcos de agua que florecían en la calle, de una farola a una gota de rocío, del rocío a las líneas que definen la acera…

Atrayendo a Mituchi como si sufriera los efectos de un hechizo, frustrando cada intento de asedio, lo hizo llegar hasta la laguna Baschuntle. Aunque le pareció que le hacía señas para que se acercara, él no tuvo valor. Resolvió quedarse escondido tras unos árboles, esperando el momento propicio para la acción. Fue entonces cuando la vio fijarse al agua tranquilamente. Su pelo blanco inundaba el charco provocando una imagen de claridad fantasmal. Las orejas del conejo impregnado en su cuerpo le cubrían los senos, porque debo aclarar que había abandonado su redondez para convertirse en un candoroso cuerpo de mujer. La misma que había amado desde la noche aquella cuando la vio aparecer mientras pescaba en las orillas del río Taguaruco. Justo ahora, cuando ella lo invitaba a compartir su encanto, él no podía acercarse. Porque no hay acción más tímida para un hombre que ser provocado por una mujer resplandeciente como la luna, y porque Mituchi Cañusa no sabía nadar.

Lloraba escondido; decía que siempre se le daba por imaginar cosas que después no eran, y que sus vecinos tenían razón al decir de él todo lo que pensaban. Ella abría espacios en su soledad, descubría maravillas en las cosas que para él pasaban inadvertidas. Si lo encontraba revisando fotos viejas se le arrimaba tenue para acariciarlo.

Ya se sabe cómo se encuentra a los ahogados, pero el cuerpo de Mituchi nadie lo encontró. Chuco estuvo varias semanas en una búsqueda constante, rastreando el cuerpo de su amigo en las profundidades donde nadie se atrevería llegar, removiendo cada planta o palo que reposaba en las orillas, hasta que terminaba sobre la hierba con los ojos quebrados de tanto mirar bajo el agua. Una mañana en que había perdido toda esperanza, vio aparecer dos cuerpos desnudos sobre las aguas, envueltos en la neblina sombría de Baschuntle. Indeciso ante lo que había visto regresó al pueblo a contarlo. Meses después, algunos pobladores, asustados, comenzaron a emigrar. Aseguraban haber visto los cuerpos fantasmales.

La leyenda de Mituchi Cañusa o el cazador de la luna –como se le conoce– fue intimidando poco a poco a las personas de por allí. Cuentan que no sólo aparecían en la laguna, sino, que en noches muy tenebrosas iban vagando por el interior de las casas, cosquilleando las caras dormidas de las gentes, chapoteando por entre los charcos de agua que florecían en la calle, de una farola a una gota de rocío, del rocío a las líneas que definen la acera, de la acera a la brisa, de la brisa al cielo, para alojarse en una penumbra iluminada por estrellas.

Bacornio y yo estuvimos merodeando por Monte Espuma inmersos en conversaciones sobre la muerte. Yo conté cómo despedíamos a las personas que se mueren en mi mundo y ella aseguró que allí no se moría, pero que el dolor y la tristeza les eran otorgadas en otras circunstancias. Me dejó pensativo. Parece que cada mundo tiene una manera de existir. El día indicado, yo escogeré.

IV

El día que mamá leyó aquella carta, pensé mucho en los niños pobres que no pueden ir a la escuela porque tienen que trabajar. Y lo que no entendí es, ¿por qué, si mamá dice que aquel país es mejor que el nuestro, los niños pobres trabajan? Y, ¿qué es lo que hace pobre a un niño? Mientras que los niños pobres trabajan, ¿qué hacen los otros? ¿Cuántos tipos de niños existen? ¿Yo soy una niña pobre?

Isa:
A diferencia de lo que muchas personas creen, la pobreza y la riqueza no se lleva en los bolsillos. Se lleva en el alma y comienzan a crecer en las mentes humanas. Cuando un niño cualquiera, un niño que no tiene con qué calzar sus pies -por ejemplo- sueña con llegar a lucir el más lustrado par de zapatos, y sin tenerlos aún, cierra los ojos y se imagina transitando la ciudad con los zapatos nuevos, y se deleita escuchando el sonido de las suelas contra los adoquines... Cuando ese niño, aparentemente pobre, porque camina descalzo, sale a vender los

dulces que hace su madrecita para mantener a sus hermanos, quienes tampoco tienen zapatos y ni siquiera se atreverían a soñar con tenerlos, no se detiene a pensar en cuántas personas le mirarán con desprecio, y lanzarán un No rotundo como si fuese una piedra lanzada al tirano... Ese niño no solo irá por las monedas que le encargaron llevar a casa -si es que tiene alguna casa- sino que trabajará unas cuantas horas extras ayudando a cualquier desalmado que le de unas monedas de más para comprarle flores a su madre. Y cuando ese niño, que no ha comido todavía porque el pedazo de pan que le correspondía se lo cedió al hermanito más pequeño que lo miraba como suplicando, logre recostarse sobre unos cartones viejos, no pensará en que ésa es la noche más fría del invierno, sino que cerrará sus ojos para verse transitando la ciudad con sus zapatos nuevos, y se deleitará con el sonido de las suelas contra los adoquines... Ése, es un niño rico, porque tiene sueños, y allí donde comienzan los sueños, comienzan las riquezas.

Cuídate de los niños que están rodeados de bienes materiales y no aplican el don de los divinos: amar, dar, servir. Alaba a aquellos que poseyéndolo todo, nada les deslumbra más que una avecilla recién nacida.

La riqueza y la pobreza son un estado mental. Pero tú no tienes que preocuparte por esas cosas, Isa. Tú no eres ni rica ni pobre: tú eres libre. Libre de sembrar en tu mente las riquezas o las pobrezas que desees poseer. Libre de elegir los sueños que tripularán tu vida.

Te ama,
Itzen Amapola.

Familia:

Ya tengo trabajo. Algunas situaciones son divertidas. Cuando mi jefe dice: "Ahorita vamos a almorzar", yo creo que demoraremos un poco y sigo en mis quehaceres. Resulta que el "ahorita" de ellos significa el "ahora" de nosotros, y viceversa. A los niños le dicen guaguas y a las guaguas, buses. Eso de decirle bus a la guagua me parece fácil, pero no me adapto a decirle guagua a un niño. El "vecino" no sólo es quien vive al lado de tu casa, también le llaman así al que vende en los puestos de víveres. Ah, y para llamarse entre hermanos se dicen "ñaña" o "ñaño", dependiendo del género. No es tan difícil, pero todavía me siento rara en esta tierra. Lo bueno es que todas las personas que he conocido son muy "chéveres" y estiman mi trabajo.

Mañana Andrés quiere que vayamos de "farra", o sea, de fiesta, para que conozca mejor a sus amigos. Preferiría ir al teatro. El clima es frío y por cada ventana en que me asomo se observa un volcán. A veces me pregunto qué pasaría si erosionaran. ¡Me da un pánico terrible! Andrés dice que no debo pensar esas tonterías.

Yo los extraño inmensamente, pero Andrés siempre me da ánimos y busca la manera de satisfacerme. Nos queremos mucho y sé que puedo soportar no tenerlos porque lo tengo a él.

Anoche su sobrino Matías se quedó en casa con nosotros y me acordé tanto de Isa. No paraba de hacerme preguntas. Antes de dormir me dijo que yo era una tía muy extraña y que tenía los ojos más verdes que él jamás ha visto. Le dije que eran para ver el mundo más fresco y natural. Entonces quería que se los prestara y le respondí que cuando se maduren se los voy a regalar... ¡En cualquier parte del mundo los niños son duendes!

Un beso infinito para todos.

Los ama siempre,
Itzen Amapola.

Cenando con Andrés

¡Sentí una rabia, una soberbia, unos deseos de halarle el pelo al Matías ese! ¡Y un miedo, un miedo terrible a que él me robe el amor de Itzen! ¡Qué niño más tonto! ¡Mira que pedirle los ojos! ¡Sentí celos; seguro ella le hizo los cuentos fantásticos que me hacía a mí, seguro lo besó en la frente y lo cobijó, seguro le dio la bendición de los Ángeles del Sueño! ¡Uy, me dan unos deseos de romperle la cara! Pero se lo voy a decir a Itzen cuando llame por teléfono: ¡que no ande tan encariñada con el mocoso ese, si no, voy a faltar a mi promesa y la voy a olvidar! ¡Ya no será más mi mami Itzen si lo vuelve a tocar! ¡Con que le explique una tarea ya tengo para no quererla nunca más!

¡¿Pero qué se ha creído el mocoso ese?! ¿Que puede llegar así de la nada y robar mis cuentos, mis besos, mis noches con Itzen? ¡Bastante hice que la dejé ir con Andrés! Si por mí hubiera sido, ella no se habría marchado nunca, ¡NUNCA!

Mamá dice que uno no puede ser egoísta y que la felicidad de los demás debe ser nuestra felicidad. No me explico cómo Itzen puede ser feliz tan lejos de su casa, su familia, lejos de mí. ¡Ella está mintiendo, lo sé! Lo que la hace más feliz es que yo llegue de la escuela y la abrace fuerte y le cuente las cosas nuevas que aprendí. Itzen no puede ser feliz sin sus flores, sin sus amigos, sin la mata de guayaba, sin la abuela, sin mamá. Ella misma lo dijo en esa carta: "Me siento rara en esta tierra". ¡Por supuesto, esa tierra no conoce los pasos de Itzen! Está mintiendo y eso me duele, porque hay tres cosas que Itzen me prohibió: mentir, lastimar a otros y olvidarme de quién soy. Pero, ¡como Itzen se olvide de mí, ahí es cuando ella va a saber quién es Isa Magdalena de los Ángeles!

Mamá quiso que limpiáramos el cuarto de Itzen. Cambiamos los cuadros de lugar, la cama, el armario. Todo está distinto. Creo que a ella no le va a gustar. Desde siempre su cuarto ha sido el mismo, nunca le vi cambiar nada. Todo aquí dentro tiene su espacio. Cuando Itzen llegaba con un libro nuevo, primero le ponía una etiqueta con el nombre y un número, después lo forraba y lo colocaba en un sitio especial del librero. Los zapatos limpios y por orden de tamaño. La ropa de trabajar en una gaveta, la de salir en otra, la de andar en otra más; la ropa sucia en el cesto. "Lugar para cada cosa, cada cosa en su lugar". Desempolvando sus libros (los que dejó) encontré una agenda con la portada verde. A ella le gusta todo lo verde. Lo abrí y descubrí que era su diario. En ese momento no dije nada, dudo que mamá sepa que Itzen escribía un diario. Lo oculté bajo mi ropa y salí a ponerlo en la mochila para leerlo después.

Abril, 15

El abuelo murió y la abuela se ha quedado muda. Ni siquiera habla con los animales. Nadie esperaba algo así. Cuando un familiar está enfermo, y ya se sabe que en cualquier momento puede morir, uno (no sé si consciente o inconscientemente) se prepara para ese día. Y hasta puede desear que llegue de una vez para no prolongar más su sufrimiento. Pero la muerte del abuelo fue cosa de un día. Es como si ayer, al mirar el campo de malangas, alcanzáramos a verlo guataqueando, y hoy simplemente no esté. Uno puede seguir mirando más allá de la malanga y pensar que el abuelo no está afincado a su guataca porque entró a la casa por un café. Pero si uno entra a la casa en busca del abuelo, a quien encuentra es a la abuela; sentada en su mecedora con la mano estirada como queriendo alcanzarlo… como antes, cuando miraban la televisión cada uno en su mecedora, tomados de las manos… La danza de los sillones comenzaba puntualmente todos los días a la hora del noticiero.

Ahora la abuela ni siquiera se mece, sólo pasa los días ahí, sentada, con la mirada perdida… y esa escena desconsoladora te grita que el abuelo se ha ido para siempre.

Sólo espero que cuando nazca Isa, su llanto o su risa, sepan llenar los espacios vacíos de esta casa.

No conocí al abuelo. Pero Itzen ha compartido conmigo los recuerdos que tiene de él. De no ser por eso, el abuelo hubiera sido para mí "el viejito de la foto". Siempre supe que Itzen lo quería mucho. Tanto, que se preocupaba porque yo también lo admirara. Ahora sé que esas cosas las hacía Itzen, pero cuando era más niña, ella me regalaba obsequios que el abuelo había comprado para mí antes de yo nacer.

"Ya él sabía que ibas a tener los ojos azules y te compró estos aretes para que te combinen… Ah, hubieras querido verlo Isa, cuando el abuelo se ponía a hablar de ti no tenía para cuando parar…"

"Isa va ser la más linda de todas mis nietas –decía–, ¡si lo sabré yo…!"

Eran inventos de ella, yo nací dos meses después de la muerte del abuelo. Pero así es Itzen. No sospechaba que había comenzado a escribir un diario cuando el abuelo murió.

Seguro debió sentirse muy desamparada (esa palabra la aprendí hoy en el noticiero; el locutor del bigote como brocha dijo que era "incalculable el número de familias desamparadas que hubo por el terremoto en Haití"). Y por lo que escribe Itzen en su diario, la muerte del abuelo debió ser como un terremoto: no te lo esperas y es devastador. (Devastador es sinónimo de catastrófico).

De lo que estoy segura es que comenzó a escribir porque lo extrañaba. Es por eso que he decidido hacer lo mismo. A fin de cuentas, Itzen está lejos y aunque no sé mucho sobre la muerte, lo que tiene en común con esta distancia, es la ausencia. El mío será un "avesario", porque sólo a veces escribiré. Siempre que tenga algo interesante que decirle. Bueno, todos los días uno tiene cosas interesantes que decir.

Por ejemplo, hoy le puedo contar que Manolito quería darme la mano en el juego de las rondas, pero estaba tan nerviosa que puse a Mélody entre nosotros. No sé si eso lo alejará. El resto del día estuvo muy serio y casi no me habló.

He pensado que debo escribirle una carta pidiéndole disculpas y explicándole que sentía todos los periquitos del mundo revoloteándome en el estómago. ¿Debo decirle que lo quiero? No sé, tal vez sí... Además, eso de escribirle me pone nerviosa. Mi letra es muy fea y… ¡la suya es tan linda! Él no se sale del renglón y sus trazos son perfectos. Si Itzen estuviera aquí le pediría que escribiera esa carta. ¿Por qué te fuiste, Itzen? ¿Por qué?

V

De manera que no me presintiera entré en el cuarto de mi tío. Sé que no le gusta que lo interrumpan cuando escribe. Me mantuve a espaldas suya, mirándolo fijo, con intensidad, como hago en el aula para atraer la mirada de Isa. Es increíble el poder que tiene una mirada. Si ella escribe concentrada las anotaciones en su libreta, yo la miro directamente a la nuca, deseando que se de vuelta en cualquier instante para guiñarle un ojo; y no puede resistirse, me intuye, gira y me exige que copie la clase. Ese truco nunca falla. He querido a veces cambiarme de puesto para estar más próximo a ella, pero rompería el hechizo.

—¿Qué haces? —preguntó tío cuando dejé caer torpemente el libro que me delató; es cierto que no estaba mirándolo con tanta energía, Isa había conquistado por segundos todos mis pensamientos.

—Ayer fui a… quiero decir, volví a soñar.

—Estoy escribiendo.

—Lo sé, tío, pero… me pediste que te contara…

–Déjame terminar este párrafo –dijo, y después se volteó.

…Ella aseguró que no se moría allí, pero el dolor y la tristeza les eran otorgados en otras circunstancias.

Me llevó a un templo de nube en ruinas, una nube gris oscura como las que nublan el cielo cuando va a llover. Según Merón, allí viven los espíritus de las Vacayas, las Vaquindias y las Vaztecas; unas especies de diosas, tres bovinas con alas que sacrificaron para conquistar la inmortalidad de la manada. Frente al santuario hay un muro que sirvió de mesa para el sacrificio; no se trataba de hincar un cuchillo en sus corazones, sino, de autoarrancarse las alas que le salían por los costados. No siempre las tuvieron. Al nacer, eran dos manchas de plumas que se fueron extendiendo hasta verse como las aletas de un avión, pero más flexibles.

La vida en Monte Espuma estaba signada por el Varáculo –un buey brujo–, y cuando le consultaron, este reveló una posible catástrofe si no se reconstruía un templo en el cual habitaran las almas de las bobinas angelicales. No tuvieron oportunidad. Consagradas desde pequeñas en las creencias del Varáculo, se autosacrificaron. A modo de despedida, el buey brujo inició un bramido místico que los demás entonaron como las notas de un himno, hizo que dejaran desangrar los cuerpos y subió–llevando consigo las alas– los veinticinco escalones del templo. Esa fue la última vez que lo vieron.

Con los años la nube azul con que hicieron la construcción se fue desintegrando y oscureciendo. Una vez cada cien años, Monte Espuma es media luz durante una hora y todas las vacas deben pasar frente al templo para ofrendar allí uno de sus cascos, como gratitud por el sacrificio que las hizo inmortales. Con el tiempo, los cascos le vuelven a salir.

–La muerte… es algo que nos toca a todos, hijo. Lo viviente es una especie de lo muerto, y una especie muy rara. Como lo son tus sueños.

No entendí lo que quiso decir el tío con eso de que lo viviente es una especie de lo muerto, pero una cosa sí me quedó clara: no puedo decir siempre la verdad.

A veces me llegan sensaciones extrañas, ideas que no sé explicar. Tío Manolo dice que soy avanzado para mi edad, y que si fuera una niña me apodaría Palas Atenea. A él le encanta la mitología griega y me ha contado casi todo sobre ellos. Atenea representa la inteligencia, la sabiduría. Ella nació de la cabeza de Zeus, su padre, y ya nació adulta. Yo creo que a eso se debe el apodo, él dice que casi soy un hombre.

Aunque más bien, me parece que es por lo de la pala; si por él fuera me tuviera todo el día "haciéndole la pala con los libros". Me gustan mucho. Lo que no le gusta a mi tío es que yo use frases como esa que acabo de decir, "haciéndole la pala". El dice que así hablan las personas sin cultura y que yo debo hablar correctamente porque soy su sobrino preferido. En realidad soy el único.

Sólo sé que hay días en que tengo la seguridad de conocerlo todo, y otros en que soy muy lerdo.

Hoy, por ejemplo, fui más torpe que nunca, Isa me preguntó qué haría el fin de semana y antes de contestarle, aclaró que ella no tenía ningún plan; respondí que teníamos un campeonato de fútbol y estaría ocupado con mis amigos. Fui tonto, cuando una niña anuncia un fin de semana sin planes te está proponiendo que la invites a los tuyos. ¡No sé en qué estaba pensando! Pude haberla invitado a montar bicicleta, o a ver la matinée del domingo en mi casa, o mejor, llevarla a Monte Espuma, seguro la encantará. Lo cierto es que estoy muy confundido por esto de las visitas a Monte y de que Cancho y Mindi no creen que exista; nunca he sido bueno en geografía pero estoy inventando una estrategia para demostrarles que no miento. Lo primero es fotografiar a mis amigos de Monte Espuma, les voy a enseñar las fotos de Bacornio, el circo de estrellas, el templo, las nubes de cirumaní y todo cuanto existe; luego lo ubico en el mapa por si acaso insinúan que saqué las fotografías de una revista. Por último los invito a ir conmigo, aunque esa es la parte más difícil; Bacornio me ha dicho que no debo llevar extraños. Pero mis amigos no son extraños, son mis amigos.

Todos están muy tristes en Monte Espuma. Unas becerras han desaparecido. Dicen los rumores que inventaron una submanube y se han marchado a un viaje de veinte mil estrellas. Sé muy poco de viajes submarinos, sólo lo que leí en el libro de Julio Verne. Imagino que hacer un viaje de veinte mil estrellas debe parecerse a los dibujos animados de Ulises 31.

Merón ha reunido a la manada para declararse en guerra contra las Vaquirlandesas. Hasta hoy no supe que existían. A Monte Espuma han llegado las tribus Vaceltas, Vacruidas y Vacones para firmar el "Tratado de Unión". Se reunirán en una nube secreta y si todas las tribus firman el tratado, comenzará la guerra. Bacornio cree que las becerras han sido secuestradas por el rey de Vaquirlanda para provocar a los montespumenses y las otras tribus. Todo esto me parece muy confuso, yo pensé que la guerra solo existía en mi mundo.

Con toda esa situación no quise importunar a Bacornio pidiéndole permiso para llevar a mis amigos. Tampoco he podido fotografiar nada, increíblemente la cámara no funciona aquí. Demostrar mi sinceridad va a ser más difícil de lo que pensé.

Hoy nos presentaron a la nueva profesora. Si le hicieran una encuesta al grupo de cómo nos cayó, no diríamos ni bien ni mal, simplemente nos cayó. Ella quiso que escribiéramos un texto de tema libre para evaluar nuestra redacción. Este fue el mío:

Ya nadie atiende a las clases de Español y Geografía. Manuel raya sus cuadernos con el nombre de la maestra como si estuviera sellando las cavidades de su corazón. Hasta parece que lo logra porque cada vez que escribe "Carmela", más atrás de los ojos le nacen lágrimas. Zelma no examina las libretas y se niega a ser la Jefa de grupo. Parece que hoy tampoco barrerán la tristeza y eso es peor... uno prefiere revolcarse en ella hasta ensuciar todo el uniforme. Por primera vez Nadia y

Rachel se ponen de acuerdo: no es simplemente la mudez individual, el timbre del recreo, las tareas que quedaron por hacer; hoy molesta todo. ¿Quién no pensará en aquel gorrión que tenía la costumbre de posarse en la ventana…?

Cuando terminé de leer, el grupo aplaudió. Noté que la profesora se sintió incómoda. "Así que tú eres poeta –dijo, y trató de disimular–. Pues, conmigo la poesía no tiene rima". Cuando salimos al receso Isa me pidió que le pasara el texto en una hoja blanca. Es la primera vez que se muestra tan interesada por algo que escribo. Quiero aprovechar esta oportunidad para decirle lo que siento. La voy a invitar al malecón a ver los "tinteros".

Los tinteros son una especie de babosas marinas que abundan en la bahía. Creo que son familia de los pulpos porque desprenden tinta violeta; eso, si uno los agarra o los pincha con un palito por el orificio que podría ser la boca. La tarde en que mis amigos y yo los descubrimos, jugamos a embarrarnos y a escribir cosas en la arena. Y Cancho dijo que sería buena idea llenar pomos de tinta para vender, pero nunca lo hicimos. En determinada época del año los tinteros llegan hasta la orilla para aparearse. Se amontonan unos sobre otros con sus cuerpos peludos como muñecos de peluche, y es triste verlos queriéndose tanto, porque una vez que terminan con su juego de amor, los machos salen a la arena y mueren.

Hoy le diré a Isa que no quiero morirme como un tintero, pero sí quiero estar pegado a ella como un pulpo.

VI

Junio, 13
Es pequeñita y tiene los ojos inquietos. Cuando
mamá la amamanta yo me pongo por detrás y ella
me busca. Me gusta cuando agarra mi dedo con sus
manitos y no lo suelta. Es como si se aferrara a mí.
Sé que en otra vida Isa era mi hija, lo sé.

Y no lo dudo, pero ¿cuántas vidas hay? Itzen
nunca me habló de otras vidas. Al contrario,
siempre decía: "Isa, mi niña, cuando tú crezcas
vas a comprender que esta vida –la única que
tenemos– está llena de caminos inciertos, y no
siempre sabemos cuál de esos caminos debe-
mos tomar. Pero en cualquier camino que tú
elijas, estaré siempre a tu lado."

Si yo le decía, vamos por el trillo para cortar
camino, no se negaba. A mí me gustaba el trillo
porque hay que cruzar un arroyo. Le dicen el
"Arroyo de los Mojones". Por ahí navegan todos los desechos de la ciudad. Pero Itzen lo
llamaba "El Arroyo Impuro". Antes de cruzar
el puente ella sacudía el cuerpo y gritaba: "¡Llévate todo lo malo! ¡Llévate todo lo malo!", y

estando del otro lado le daba las gracias al arroyo por cargar con la suciedad del mundo. "Esta agua alguna vez fue pura, Isa. Y las personas bebían de ella. Pero vino un tiempo en que las personas no sabían qué hacer con sus malas acciones y las arrojaron aquí. Al principio el arroyo se negó y mostró sus peces para que vieran que él estaba vivo. Después no le quedó más remedio que cargar con la maldad de la gente. Cuando cometas una falta debes venir aquí y despojarte". Era divertido verla sacudiéndose como una gallina después de un baño de tierra. Siempre quise saber cuáles eran las faltas que Itzen cometía. Nunca le pregunté y jamás la vi cometer ninguna, pero si cien veces ella cruzaba "El Arroyo Impuro", cien veces se despojaba y cien veces yo me reía de sus sacudidas. Ahora analizo si debo ir y despojarme de aquella risa. Mejor no, sería como despojarme de un recuerdo suyo.

Madre:
Perdone que en su día no le acompañe. Perdóneme abuela, por faltarle también. Hasta hoy no sabía cuán importantes son ustedes en esta fecha, y es que sin ustedes a mi lado no tengo motivos para celebrar el día de las Madres.
La de esta noche será una cena amarga...

Y ninguna llamada por teléfono y ninguna carta pueden devolverme la dicha de haberlas acompañado.

Un día sólo no basta para enaltecerla a usted. Permítame decirle que por primera vez siento arrepentimiento de mi partida. Yo no sé qué hacer con estos días tan largos. Y deseo correr sin parar hasta llegar a su pecho y sentir que me abraza, madre. Sentir su pecho de madre leona, de madre defensora de sus cachorros. Y que todos estos miedos se me vayan pronto, por el mismo camino que debe irse la tristeza. Siento que soy el único eslabón ausente en esa cadena de abrazos: Isa contra su pecho, usted contra el pecho de la abuela. ¡Ah, si yo pudiera alcanzarlas!

Isa, en mi lugar, estira tus manos lo más que puedas y aférrate a sus cuerpos.

Mi Madre, es una brujita buena
Que presiente mis ensueños,
Y que entreteje mis sueños
Cuando la luna está llena.

Ella conoce mis penas,
Mis más sanas alegrías…
Y mientras lloran los días
Con esta lluvia de mayo,

Yo la extraño y me lo callo;
No le digo todavía…

Pronto, con el cielo despejado
Su abrazo me alcanzará…
"Cómo te extrañé mamá,
Quédate siempre a mi lado".

Itzen llamó. El televisor estaba prendido y casi no escuchamos el timbre. Mamá fue quien atendió el teléfono. A Itzen le gusta hablar con mamá y después pide que le pasen a la abuela. Lo primero es preguntar por mí. Lo sé porque siempre escucho la frase "aquí está, a mi lado", y me lanza una mirada exigente como queriendo decir, "hoy sí deberías hablar con ella, recuerda que las llamadas son muy costosas".

No puedo. Yo sé que Itzen trabaja muy duro para ayudarnos y llamar es casi un lujo; a veces me siento culpable por eso, pero no puedo. La abuela y ella creen que es porque no quiero. Cuando escucho la voz de Itzen todo se paraliza dentro de mí. Me pongo tan nerviosa que no sé si llorar, gritar o salir corriendo. Entonces mamá me arrebata el teléfono y le dice: "ella se pone nerviosa, está llorando, te extraña tanto, pobrecita…" Quisiera que la tierra se abriera en dos mitades y me tragara.

Nadie se imagina lo que significa escuchar la voz de Itzen, sentir como si estuviera hablando en frente mío y que no pueda verla ni tocarla. No he sentido dolor igual.

Quisiera… quisiera pedirle que no llame, su ausencia no se llena con su voz… quisiera poder gritarle que estoy enojada, que no le perdono haberse marchado… que hay mañanas en que la luz del sol me irrita… ¡no quiero escuchar a nadie, todo me molesta…! ¡Quiero que Itzen regrese! Quisiera tener el valor de pedirle que regrese con nosotros, pero no puedo. Mamá y la abuela no comprenden. Itzen tampoco. Yo la amo tanto. Y no sé cómo se hace para vivir sin ella. No sé.

Isa, este es Matías, el sobrino de Andrés. Algún día ustedes se conocerán personalmente y para ese entonces, me gustaría que lo trataras como a un hermano. Al igual que tú, es muy especial. Él cree que la vida comienza en el agua.

Ese niño no sabe nada de nada. La vida nace en los arcoíris, no en el agua. Lo primero que existió en el mundo fue un rayo de luz.

Lo he sabido por las estrellas que tuve posadas en mi cuerpo. Ellas me han contado todo acerca del universo. Otros niños del colegio padecieron este milagro, pero muy pocos se dieron cuenta.

Ocurrió una mañana, tempranito, cuando el sol aún no se había despertado. Noté que la cama estaba fría y una luz resplandeciente incurría en las sábanas. Tenía el cuerpo adornado de luz. Cuando mamá me vio puso el grito en el cielo. "¡Ay, Dios mío, esta niña tiene varicelas!" Pero Itzen la tranquilizó enseguida, "Mamá, ¿qué cosas dices, no ves que está poblada de estrellas?"

VII

Estoy molesto con mi madre. Durante la semana estuve haciendo de las mías en el aula y es que no soporto a la nueva profesora. Siempre llega tarde. Antes de cada clase hace una reseña de lo bien que pasó la noche anterior con su novio; es trabajador en una empresa de turismo y la lleva a lugares "her-mo-sos". Si alguien le hace una pregunta sobre la clase, la deja de tarea, como si nosotros no supiéramos que no sabe la respuesta. Yo sé que no le caigo bien y hoy le mandó una nota a mi mamá diciéndole que debía estar en la dirección mañana a primera hora.

Entonces mi madre se puso a discutir conmigo. Dijo que yo era un mal agradecido, que lo único que hacía era darle dolores de cabeza, que no valoraba el trabajo que pasaba para criarme y por encima tenía que ir a la escuela a escuchar quejas sobre mí.

Mi tío que estaba en su escritorio salió a reclamar por el escándalo. Mi madre también discutió con él, le dijo: "¡Tú eres otro que bien bailas, te pasas todo el día encerrado en ese cuarto y total para nada, eres un escritor de mala muerte, no sé cómo publicaste ese libro que nadie lee...!"

La verdad, yo nunca he visto a mi tío bailar. Es cierto que pasa días y días encerrado en su escritorio, pero él siempre me ha dicho que la disciplina hace el oficio, y que si ya publicó, ahora debe ganarse una reputación. Hacerse de un nombre. Tiene que escribir, escribir y escribir, aunque no le publiquen más. Pero mi madre no sabe de esas cosas, ella sólo se conmueve con radionovelas. Lo que me ha contado el tío, es que desde que mi padre se fue de la casa, mi madre, nunca más ha vuelto a ser mi madre.

Como estaba tan molesto con ella, vine a Monte Espuma. Acá tampoco hay paz. El rey de Vaquirlanda organizó un torneo para dividir a las tribus; los Vaceltas, Vacruidas, Vacones y Montespumenses, deben luchar entre sí para conseguir la mano de Vaquisolde, la hija del rey, y así crear una alianza entre los reinos.

Como yo practico el deporte espada, Merón me ha pedido que entrene a los guerreros. De todos, el más valiente es Vaquistán. En Monte Espuma Vaquistán es un héroe. Fue herido mortalmente en combate. Como es la tradición, lo despidieron en su nube de honor, viento adentro la nube floreció mientras desaparecía. Meses después Vaquistán regresó del mundo de los muertos sobre sus cuatro patas como si nada le hubiese ocurrido, y desde entonces significó un héroe para ellos.

Pero hoy, sucedió algo más importante en Monte Espuma que entrenar a los guerreros. Y fue el encuentro con mi otra madre. Tío Manolo había dicho que mi madre –la otra– se había ido en un bolsillo de mi padre el día que él se marchó. Ahora yo me reencontraba con ella. Tenía una mirada alegre y llevaba puesto un vestido azul. Ese detalle bastó para comprender que era realmente mi otra madre, porque la de casa siempre viste oscuro. Mi otra madre y yo jugamos a la guaca mi vaca. Es un juego simple, yo me monto en su espalda y ella va dando corcoveos por doquier. Aunque estoy un poco grandecito, parecía no pesar para ella. Visitamos las Ruinas del Vacotrom. Así le llaman, porque en esa cueva se escondió el Vacotrom cuando perdió toda su fortuna y se vio arruinado. Nadie en Monte Espuma sabe exactamente quién era el Vacotrom, mi otra madre tampoco lo sabe, pero estar allí fue lo más hermoso que nos pasó. Ella habló sobre mi padre y los ojos le brillaban contando su historia de amor. Me preguntó si aún no me había enamorado y le dije que sí, "estoy enamorado de Isa". Me pidió que lleve a Isa a Monte Espuma para conocerla y yo le pedí que regresara a casa conmigo. Bajó la cabeza y me dijo en tono amargado: "hijo, ésa es tu madre, yo soy la otra".

Ahora estoy en casa, sentado en la sala, mirando cómo trajina mi madre en la cocina. Lo que más odio en el mundo no es que mi padre se haya ido, sino, que mi madre no sea mi otra madre.

Isa y yo estamos juntos en el equipo de historia. Nos tocó ir a la biblioteca. Yo pedí los libros y ella eligió la mesa. Por un momento olvidé que estábamos allí e imaginé que era nuestra casa, la hora de la cena, Isa sentada con su vestido rosa mientras yo le servía un plato de espaguetis –su comida favorita–, pero todo mi ensueño fue interrumpido por sus gritos. Una cucaracha le había volado encima. Era cómico verla corriendo por entre los estantes, dando salticos y sacudiéndose de nada, porque la cucaracha ya había desaparecido. Cuando estuvo más calmada le dije:

–Te asustaste por gusto, eso no era una cucaracha.

–¡Nooo, era un cucaracho…!

–Isa, no todo lo que ves es lo que parece. Escucha, te voy a leer este cuento del libro de mi tío.

No tenía luz en los ojos. O mejor dicho, la tenía, pero no era verde, sino extinguida. Mientras toda la comuna se pasaba la noche alumbrando de un palo a otro, esquivando los trapos y el br br br br de los niños, Cuyita chocaba contra cada cosa que existía en la naturaleza, y dudo que alguna vez durmiera en una cajita de fósforo o sirviera de farol en un pomo de cristal. Le decían Cuyita porque era la más pequeña de todos y también por burla "cocuya cuyas luces no luce". Con el tiempo ganó otros sobrenombres, "cuyita ciega", y el más pesado de todos, "linterna sin batería". Su vida era muy oscura, no por el simple hecho de que los cocuyos salgan al anochecer, sino, porque muy profundo en su alma se había instalado la tristeza.

Maldecía no tener un par de luces verdes con las cuales hacer seña a sus amigos en cada estación de vuelo, y pensaba que la vida de un cocuyo que no tiene luz, no tiene sentido. Por eso aprovechó una mañana en que todos dormían entre la cáscara vieja y húmeda de un almácigo, para abrir los ojos y quedar mortalmente ciega ante la luz del sol.

En cambio, notó que tenía una mejor vista para ver el mundo. Se maravilló con el verde de los árboles y los jardines florecidos, con el cielo azul y el blanco de las nubes, se maravilló con el color. Voló hasta una ventana y descubrió una cama, un niño durmiendo en ella y sobre una mesita, un pomo lleno de cocuyos dormidos también.

Claro está, quiso despertarlos, pero como es sabido los cocuyos no pueden volar de día si no llevan gafas, y al parecer se les había extraviado. Entonces decidió que esperaría la noche para ayudarlos a escapar.

Durante todo el día estuvo deambulando por la habitación, investigando cada cosa que para ella resultaba desconocida. Lo que más llamó su atención fue el escaparate, era como un árbol que a cada rato abría y cerraba su tronco. Allí fue a esconderse y tal fue su entretenimiento que olvidó la noche y los cocuyos. El olor a ropa limpia la envolvía en un vuelo mágico que no la dejaba aterrizar ni concentrase en su verdadera situación. Así estuvo cinco días con sus cinco noches.

Los cocuyos normales comen madera descompuesta, o sea, podrida, pero a falta de palo: ropa. Poco a poco su cuerpo sufrió una transformación y en lugar de tenazas minúsculas para picar madera, le aparecían ahora dos antenas.

Para cuando Oscarito —el niño de la casa— dejó en libertad el último cocuyo de la época, ya ella estaba acostumbrada al sabor de la ropa, los papeles, las cosas viejas y empezaba a sentir con buen gusto la comida casera.

Tan rápidamente se acostumbró a esta vida que no tardó en encontrar compañero: un bichito de la luz flechado a primera antena. Como era de esperar, formaron una familia y muy pronto la casa se pobló de bichitos sin nombre.

Sepan que Cuyita había negado su identidad de cocuyo y el bichito de la luz era tan buen padre y esposo, que no quería nombrar una especie en la que ambos habían tenido participación.

Entonces llegó un día –porque en todas las historias hay una vez, un pero y un día– en que Osmara, la mamá de Oscarito, estaba ordenando el escaparate y vio frente a ella un bicho grande como del tamaño de un cocuyo pero con dos antenas. Del pánico sólo atinó a llamar a su vecina; iba a decir ¡Cuca, rápido corre!, pero un gran estornudo la interrumpió para dejarle decir "rrachís, rrachís, ¡Cuca-rraaachís!, ¡Cuca-rraaachés!, ¡Cuca-rráaachas! A Cuyita le pareció muy gracioso y ese fue el nombre que eligieron para nombrar a sus hijos.

Cómo describir el corre corre que se armó. Vinieron días, semanas, meses de persecuciones con escobas, zapatos, venenos y fumigadores. Pero ya era una familia bastante numerosa e inteligente para exterminarla. Se escondían lo mismo en la meseta, en una caja olvidada, debajo de los colchones, en las zapateras y en cuanto rincón había en la casa.

Si Cuyita vive todavía no lo sé, pero la próxima vez que veas una cucaracha, no la aplastes enseguida, espera a ver si enciende sus ojitos de cocuyo.

—¿Viste? No todo lo que ves es lo que parece. ¿Tú me ves feo o bonito? —La cara se le puso más roja que una manzana.

—Mira, mejor dejamos el trabajo para mañana. No me siento bien después del susto que pasé con esa... —sonrió—, cocuyaracha —me dio un beso en la mejilla y se fue corriendo.

"¡Isa te besó! ¡Isa te besó!", gritaba un enjambre de cucarachas voladoras.

—¡Bacornio! ¡Bacornio! ¡Isa me dio un beso!
—¿Lo trajiste? Déjame ver qué es.
—Un beso es como en la lluvia: un nubarrón... quien te besa es la responsable del clima, y cuando te das cuenta estás todo mojado.
—Y, ¿de qué color es?
—Hay besos de todos los colores. El mío es del color de un meteorito, porque me hace caer del cielo.
—¿Para qué te lo dio?

70

—Para demostrarme su amor.

—Yo quiero uno para mí.

—Bacornio, los besos se dan o se reciben. Escucha, si lo vas a recibir, los lugares más frecuentes son en la mejilla y en la boca. Si lo vas a dar, pones tus labios sobre la mejilla o los labios de quien recibe.

—¡Muuuuuuaaaack….qué asco! ¿Isa pegó sus labios en tu boca?

—En la mejilla.

—No le digas a nadie en Monte Espuma que te hicieron eso…

—¿Por qué?

—¡Porque es asqueroso!

—¿Ustedes no se besan?

—¡Jamás! Nosotros demostramos amor juntando las cabezas, entrechocándolas.

—Pero besarse no es malo. El beso es tan antiguo como las Ruinas del Vacotrom. El beso en la mejilla, o en las manos, se usa como gesto de bienvenida y de despedida. Algunos chimpancés se besan para tranquilizarse mutuamente. El beso es un gesto de paz.

—¿Quieres decir que la paz entre las Vaquirlandesas y las tribus se gana con besos?

—La paz nunca está dada de una vez y para siempre, Bacornio.

—¡Calla! En Monte Espuma no nos besamos.

Fue extraño para mí saber que Bacornio y todo Monte desconocía la magia de un beso, pero estaba tan emocionado con Isa que no quise seguir insistiendo.

Cantaban, afuera. Afuera todo era bullicio y algarabía, como en cualquier escuela que celebran una gran fiesta. Pero dentro, en el aula, sólo éramos Isa y yo. Ella insistió en que me quedara para terminar el trabajo de historia, pero yo sabía bien qué se traía entre manos. Me senté a su lado, abrí el cuaderno. No me dejó hablar.

–Guárdalo. Quiero hacerte una pregunta.

Ella tiene gracia hasta para dar órdenes sin que lo parezcan. En ese momento sentía que mi corazón estaba fuera de su órbita planetaria, en mis manos estaban concentrados todos los glaciares del mundo. Isa estaba a punto de preguntarme si quería ser su novio. ¡Era eso, seguro que era eso! Pero los glaciares del mundo se descongelaron en mis manos para enfriarme el corazón cuando preguntó:

–¿Extrañas a tu papá?

Esa, de todas las preguntas del universo, era la que no esperaba. Pero ya estaba en el aire, dando salticos entre nosotros y exigiendo ser respondida. A otro cualquiera nunca le hubiera respondido. Se trataba de Isa, de mi Isa.

—No. No lo conozco.

—Extraño a mi padre. Me gustaría saber quién es y si me quiere, si alguna vez me ha querido.

Me abrazó llorando y yo también la abracé.

—No llores —le dije.

La torpeza no me dejó abrir la boca para consolarla, sólo acaricié su pelo con olor a vainilla.

—No tengo papá, pero tengo otra madre. Mi padre se la llevó en un bolsillo el día que se fue y la encontré hace poco en Monte Espuma. Con mi otra madre puedo hablar de cualquier cosa. ¡Hasta quiere conocerte! ¿Por qué no vienes conmigo?

—Ya conozco a tu mamá —dijo secándose un poco las lágrimas.

—A esa sí, pero a mi otra madre no.

—¡Tú estás chiflado!

—Es verdad, estoy loco. El doctor le ha dicho a mi madre: señora, este niño se curará el día que Isa lo quiera.

Cuando ella ríe parece que se abren todas las flores y el cielo es del color de millones de arcoíris.

—Ya yo te quiero —y antes de decir, "me gustas porque eres raro", tomó mi mano y la puso en su corazón. Le latía rápido y fuerte, como el sonido del tambor que anuncia la marcha.

—Entonces, señorita, ¿acepta ir con el señor "Raro" al refugio de la escuela?

—¿Al refugio?

—Sí, en el refugio está la puerta secreta que nos lleva a Monte Espuma. Quiero que conozcas a mi otra madre.

—Mejor vamos con los demás. Nos hemos demorado mucho y nos pueden regañar.

Cuando Isa dice no, nadie puede hacerla cambiar de idea, es mejor complacerla. Monte Espuma puede esperar, mi otra madre puede esperar, yo puedo esperar, pero Isa nunca espera. Ella tiene un no sé qué que me domina.

—¿Y dices tú que así se abrirá "la *puerta de la Luna*"…?

—Sí.

—Llevamos media hora aquí y nada. ¡Ya no soporto más este olor!

—Es que no se concentran. Siéntense como les dije, cierren los ojos y traten de invocar la puerta con su pensamiento.

—¿No es mejor decir "Ábrete Sésamo"…?

—Eso no fue gracioso.

—Mindi y yo pensamos que habías descubierto algún escondite secreto en el refugio, pero si llego a imaginar que se trataba de…

—¡Mira, Cancho, éste es el mapa…aquí está Monte Espuma! ¡Si se concentran, la puerta de la Luna se abrirá y podrán verlo con sus propios ojos!

—¡Chico, ¿tú piensas que nosotros somos bobos, o qué?! ¡Ese "mapa" lo inventaste tú! ¡Esto es Cuba en forma de vaca!

—¿Me estás diciendo mentiroso?

—¡Sí, mentiroso y mal amigo! ¡Desde que te enamoraste de Isa te apartaste de nosotros y te la pasas inventado historias para llamar su atención!

—Si ustedes no creen en mi palabra, ¿por qué están aquí?

—¡Porque somos tus amigos!

—¡No, Mindi, si no creen en mí, ya no lo son!

Aunque era el mechero de mi madre en las noches de apagón, lo dejé allí. Enrollé el mapa y caminé pegado a la pared hasta que pude ver la claridad. Antes de llegar a la salida del refugio, miré sobre mi hombro con la esperanza de que mis amigos estuvieran detrás de mí. Realmente lo que yo quería era que estuvieran detrás de mí. Yo salía del refugio, y ellos salían de mi vida.

VIII

Profesora, usted no sabe nada de los niños.
¿Usted cree que a Cancho le gusta ser indisciplinado? ¿Usted cree que él es malo así, porque
sí? No, profesora, a ningún niño le gusta ser
indisciplinado. Ningún niño es malo así porque sí.

Cuando a Tony se le rompieron los zapatos
su mamá no tuvo dinero para comprar otro
par, y por no quedar en vergüenza delante de
nosotros, dejó de asistir a la escuela. Cancho,
Mindi, Manolito y yo, fuimos a verlo y nos enteramos de todo. ¿Usted sabía que Tony tiene
ocho hermanos y que su papá se fue de la casa
con otra mujer? ¿Usted sabía que Cancho le
regaló unos zapatos "nuevos de paquete" que
le trajo su tía de Miami? ¿Usted sabía que
cuando la mamá de Cancho le vio los zapatos
a Tony pensó que se los había robado y descubrió que su hijo le había mentido y lo castigaron un mes? No porque a la mamá de Cancho
no le guste compartir, si no porque él dijo
mentiras.

¿Usted sabía que Cancho se fajó con los niños del otro grado para defender a Timi, y después tuvo que soportar que los demás dijeran que él y Timi eran novios? Silvia ya no quiso ser su novia. Pero ella es una tonta. Porque si Manolito no fuera el niño de mis sueños, a mí me gustaría ser la novia de Cancho. Manolito y Cancho son mejores amigos, y la verdad es que Manolito, con lo flaco que está, es el más lindo de todos y tiene la mejor letra de esta escuela. Incluso, mejor que la suya. Bueno, eso no viene al caso, sólo para que lo sepa.

Y lo que usted ni sospecha, profesora, es que Cancho es quien le deja sobre el buró esas cartas que tanto le gustan. Usted piensa que es el maestro de matemáticas, pero no. Él se las compra al hermano de Tony que está en el servicio militar. El hermano de Tony es poeta.

¡Ay profesora, realmente usted no sabe nada de los niños! No cuente con mi voto para que lo cambien de aula. Si Cancho se va, Manolito, Mindi, Timi, yo, y todos sus amigos nos iremos con él.

Él se comporta así para llamar la atención de su papá. Si yo supiera que portándome mal Itzen regresaría, ya me hubiera convertido en una chiquilla malosa.

Querido papá:

Soy tu hija, Isa Magdalena de los Ángeles. No me conoces, y no sé si algún día nos conoceremos. En casa no se habla de ti. Cuando abrí los ojos al mundo estaba la abuela, mamá y mi hermana Itzen. Mamá siempre dice "Tu Padre es Dios". La abuela prefiere callar. Y mi hermana no ha respondido la carta donde le pregunto por ti. Antes, no te echaba de menos, pero viendo que todos mis compañeros tienen un papá de carne y hueso, me pregunto si yo también lo tendré, porque Dios es el padre de todos —eso ya lo sé— pero de otra manera. ¿Tú también te fuiste con otra mujer? ¿Vives en otro país? ¿Te gustaría conocerme?

¿Huiste?, ¿eso fue? Tal vez tú y mamá se enamoraron muy jóvenes. ¿Sentiste miedo al saber que ibas a ser papá? ¿Mi hermana Itzen también es tu hija?

Puedo entender cualquier cosa que haya ocurrido. De veras. Todo el mundo dice que soy muy inteligente. Puedo comprenderte, papá.

¿Te gustaría visitarnos? ¿Dónde estás? Tal vez sea mejor que tú conozcas a Manolito antes de que le confirme que quiero ser su novia. Pero no te podrás celoso, ¿verdad?

Papá, ¿tú me quieres?

Isa:

Me preguntas qué es estar enamorada. Tan rápido ha pasado el tiempo, hija. Ciertamente hay un hilo invisible entre nuestra niñez y nuestra adolescencia. Intento traer a mi memoria recuerdos de mis sentimientos cuando tenía tu edad. Pero a medida que pasan los años sé menos de lo que antes supe. Me encantaría que esa parte inocente tuya permaneciera. Deseo que te quedes por siempre en mis brazos, como cuando eras un bebé, para cuidarte y protegerte, pero la vida sigue y con ella todo lo que acontece. ¿Qué es estar enamorada?

Te animo a que lo descifres por ti misma. Te animo a esperar. La espera es un don que cultivan los sabios sembradores de AMOR. El sembrador común malgasta la semilla, porque no le da tiempo para crecer, y la abandona. En cambio, el sembrador paciente toma un CARIÑO recién desgranado del corazón y lo coloca en la tierra más fértil. Luego, alimenta ese CARIÑO con acciones, palabras, presencias, vivencias. A ratos le pone a solear con pureza. A ratos lo protege de las malas intenciones, las dudas, los miedos, los celos, las mentiras. Ninguna de esas malas hierbas crece cerca de la semilla de CARIÑO porque el sembrador sabio está atento y pendiente para proteger su planta. El sembrador sabio nutre su CARIÑO. Y cuando sabe que

79

lo ha suplido de todo lo que necesita, le da tiempo y libertad para que florezca por su cuenta. Esas son las plantas de AMOR que vemos adornando los corazones de las personas que verdaderamente se aman. Son plantas de AMOR tan fuertes que ni los vientos huracanados, ni las sequías más violentas pueden arrancar ni marchitar. La planta del AMOR nace de una semilla de CARIÑO que no todos saben cultivar. Y el requisito más valioso para esa siembra, es el tiempo. Mientas más tiempo dediques a tu árbol de AMOR, más grande y frondoso se hará... hasta el punto en que germinen sus frutos.

Mi único deseo es que a lo largo de tu camino, te conviertas en una sembradora sabia. Y que cultives un árbol de AMOR tan frondoso que puedas alimentarte de él toda la vida.

Que las ramas de mi amor siempre te alcancen.

Itzen Amapola.

Querida Mélody:

Perdona que no asista a tu fiesta. Las despedidas me ponen muy triste. Cuando Itzen se marchó, le dijo una frase a mamá que no olvido todavía: "las despedidas son el pretexto perfecto para el reencuentro". En aquel momento yo creía que despedirse era como decir "voy a botar la basura" y a los dos minutos estaba de regreso. Pero Itzen fue a botar la basura demasiado lejos y ahora tú también harás lo mismo. Parece que las personas que quiero están destinadas a vivir lejos de mí.

No comprendo que ven ustedes en esos países. ¿Qué puede haber allá para que todo el mundo quiera marcharse? ¿Y qué es tan malo aquí? Tú misma conociste al primo de Cancho que vive en Miami. Cuando él viene de visita sólo quiere que lo llevemos a pescar, montar a caballos, andar sin zapatos, y se asombra de que nosotros juguemos hasta tarde en la calle. ¿Estás segura que quieres irte a jugar videojuegos? Ten en cuenta que tu papá no tendrá tiempo de recogerte en la escuela. ¿Tú has prestado atención a las historias de ese niño?

Yo sé que tú no puedes hacer cambiar de opinión a tu papá, pero puedes elegir quedarte con tu abuela. Si quieres yo te escondo en mi casa hasta que él se marche.

Bueno, estoy diciendo bobadas. Quieres mucho a tu papá, no dejarás que se marche solo.

Itzen también habla con mamá sobre llevarnos a vivir al Ecuador. Pero no estoy segura de querer mudarme. Me gusta el barrio. La calle está llena de huecos pero es divertido cuando llueve y podemos competir con nuestros barcos.

Dicen que en el norte los vecinos no se saludan de besos y abrazos como nosotros. Dicen que esos "gringos" son personas muy frías. ¿Tú te imaginas que yo pase por tu lado y no te diga buenas tardes? Hay que estar bien metido en una nevera para ser tan descortés. Y aprender ese idioma "guachiguachi" que no me gusta. Porque no es lo mismo decirle a Manolito "I love you", así seco... que decirle: "te quiero como las mariposas quieren a los tulipanes".

No importa. Donde quiera que vayas siempre serás mi mejor amiga. Al principio casi no podré mirar tu puesto, porque cuando lo vea vacío se me van a atragantar las lágrimas. Y tú sabes, tú sabes que no me gusta llorar.

Jamás olvidaré nuestros pactos secretos y te prometo que no comeré mango verde con sal hasta que regreses. Porque vas a regresar, ¿verdad? Te voy a enviar cartas y postales. Procura sacar A en matemáticas. Yo me voy a esforzar con la geografía. Y es que a veces me parece tan aburrida. Le enseñan a uno todos los mares, los ríos, las presas.... ¡ni que fuera a ser pescadora! En lugar de eso me gustaría aprender el lenguaje de señas y comunicarme con las personas que no pueden escuchar. Es más interesante una materia sobre los arcoíris, sobre la luz... sobre los sueños. ¡Apuesto diez mandarinas a que la profesora nueva no sabe nada sobre sueños!

Tú no sabes mucho sobre aviones. Ni yo tampoco. Después me escribes y me cuentas. En mi opinión, los aviones son máquinas que inventó el hombre para alejarse. La verdadera culpa la tiene la tierra, por permitir que el mar la divida. Si todo el planeta fuera tierra, podríamos vivir donde quisiéramos y visitarnos en cualquier momento. Claro, no habría mar y sin las playas las vacaciones no serían tan divertidas. No sé quién tiene la culpa. Ya no sé nada.

Pensándolo bien, iré a despedirme de ti. Quiero darte un abrazo y decirte que te quiero. Si algún día te cansas de jugar video-juegos, puedes regresar para que nos disfracemos escondidas de mamá.

Junio 26.

Ensayo sobre la vida.

Literalmente, ensayo sobre la vida. Me encierro en esta burbuja y practico unos versos, unos sentimientos aprendidos. El dolor de ayer mejorado hoy. Una sonrisa con récord en cartelera. Tres o cuatro palabras de aliento y la próxima escena temporal. Te quiero, mañana te quiero todavía. Tres funciones más para quererte. Sube el telón y te pienso. Baja el telón y te alejas. Sube y no puedo vivir sin ti. Baja y comienza otro día. ¡Corten! ¡Muévase a proscenio! ¡Póngase de rodillas ante la vida y pídale matrimonio! ¡Ahora riendo, ahora con rabia!
Uno muere, dos nacen. Tres están enfermos. La mayoría se largará de aquí. ¿Ahora? ¿Listos? ¡Volvamos a principio!

¡Uy, Itzen… esta vez sí escribiste en clave! Lo único que comprendo es que andabas metida en una obra de teatro.

84

IX

Hoy me desperté temprano y de muy mal humor. Tenía cosas importantes en qué pensar, pero como en casa es imposible, me fui a Monte. Hacía días no los visitaba y me recibieron con un gran banquete. Monte Espuma estaba de fiesta: Vaquistán había ganado la mano de Vaquisolde para Merón en el torneo que organizó el rey de Vaquirlanda.

Bacornio estaba explorando con mi otra madre unas nuberrifes de corales que habían crecido espontáneamente. Yo sólo pensaba en Cancho y Mindi, en cómo habían dejado de confiar en mí y en cómo dejamos de ser amigos. Bacornio y mi otra madre se demoraban mucho. Le pregunté a Merón en qué lugar del valle habían crecido las nuberrifes y caminé hasta allá unas cuatro horas. Nunca antes había transitado el sendero de las Vaquijaguas. Es lindo verlas caminar en fila para llevar nubes tiernas hasta el valle, donde más tarde las sembrarán. Las Vaquijaguas son las que más trabajan todo el año. De ellas y las Vaquiposas –que son vacas con alas de mariposas– depende el cultivo de las nubes del valle Yapó. Las Vaquijaguas trasladan las nubes tiernas hasta la cima de Yapó, las plantan, y después las Vaquiposas las riegan con su excreto para que fertilicen. Es extraña la naturaleza en Monte Espuma. Las nubes no crecen fuera de la superficie como las plantas, al menos éstas, germinan bajo la tierra y cuando están listas es que salen a la luz.

—¡Caramba!... —fue la primera cosa que dije cuando estuve cerca de las nuberrifes de corales— eran realmente hermosas. Mi otra madre trasplantaba las que estaban más dañadas por el viento y Bacornio hacía un listado según el tamaño y las formas de cada una. Se alegraron de verme y enseguida me uní a ellos en la faena. Trabajamos hasta el cansancio. No sé qué hora era cuando terminamos, pero en aquel momento, desde el sitio donde estábamos sentados, se veía la puesta de sol. Las Vaquiposas Imperiales son las encargadas de montar al sol sobre sus lomos y llevarlo a dormir cada media hora. Primero es como ver una bola de fuego gigante que vuela en el cielo, después, a medida que se alejan, parece una estrella fugaz.

Nos quedamos así, cada uno añorando algo en aquel momento. Para mí había sido bueno, ahora que todo había pasado, el haberme reconciliado con Cancho y Mindi. Claro que todo era un pensamiento, pero de alguna forma creo que las añoranzas se quedan así guardadas en el corazón de cada uno. Con el sol así, haciendo que el momento fuese todavía más bonito, sin saberlo ellos, nos hicimos más amigos.

No hablé con Bacornio ni con mi otra madre sobre Cancho y Mindi. Durante el regreso a la aldea ninguno de los tres dijo nada. Al llegar, mi otra madre me extendió un algodón:

–Ten, llévale a tu tío. Es de vainimango, su preferido.

Se veía delicioso, pero era un regalo. Me apuré todo lo que pude por llegar a casa. Extrañamente mi tío no estaba en su cuarto, así que lo dejé sobre el escritorio con una nota: *Este algodón de vainimango te lo manda tu otra hermana, o sea, mi otra madre. Está en Monte Espuma.*

En la plaza Mayor, en el mismo banco que da frente con frente a la Virgen del Camino, habíamos fijado la cita. Era una noche especial, puesto que le pondrían luces a la virgen y la plaza se llena de padres que llevan a sus hijos a jugar. Me vestí con la mejor ropa y me unté el perfume que tío Manolo deja para las ocasiones especiales. Fui al baño a cepillarme los dientes por última vez. Allí me sorprendió.

–¿Usaste mi perfume?

—Sólo un poco. Quedé con Isa.

—¿Qué significa esa nota que dejaste en mi mesa?

—Como no estabas te lo dejé escrito.

Salí tan rápido como pude, para no dejar que tío Manolo me demorara con sus preguntas. Cuando estaba a punto de abrir la puerta, mi madre se aproximó desde la cocina.

—¿Dónde vas vestido así?

—A la plaza Mayor—. Y esta vez me marché definitivamente.

Manolo fue a la cocina por un poco de agua y notó que la radio no estaba encendida. Su hermana fregaba los platos de la cena con la cabeza tan gacha que parecía estar metida dentro de ellos. Pero al notar su presencia alzó la vista y habló.

—¿Te dijo con quién saldría?

—¿Te dijo que tiene novia? Se nos está haciendo hombre.

—Se nos está yendo de las manos. La profesora llamó y dijo que quería verme otra vez. Está muy raro, dice. Se la pasa mirando por la ventana o escribiendo en una libreta que no es de la clase.

—Querrá ser escritor, como su tío—. Manolo entendió que la frase no había causado la gracia deseada y sirvió el agua con la intención de marcharse.

–¿Por qué no le enseñas algo de carpintería? Tú solías hacer esos trabajos.

–Le gusta leer, Martha, y no veo nada de malo en eso.

–Él no era así. ¿No te das cuenta? Antes dedicaba tiempo a otras cosas, no sé…

–Antes perdía el tiempo, Martha. Es bueno que lea, que se instruya. ¿O, quieres que tu hijo sea un inculto?

–¡No quiero que mi hijo sea un misántropo!

–¡Escribir es un oficio como otro cualquiera, y cada cual lo desempeña a su modo!

–¡Pero mírate, Manolo! ¿Qué has hecho con tu vida? Ni siquiera tienes una esposa.

–¡Yo estoy casado con la literatura! ¡Es hora de que lo entiendas!

–¡Lo que yo entiendo es que me mi hijo va por tu mismo camino, y eso no es lo que quiero para él!

–Perdóname, hermana, pero mi sobrino no tiene otro espejo donde mirarse. Mi espejo por lo menos tiene luz propia.

Ambos sabían que ése era el fin de la discusión. Ambos tenían demasiadas cosas por decir que era mejor no decir.

–Lo llevaré al psicólogo. ¡A otro psicólogo!

–Si crees que no está bien, llévalo. Pero desde ahora te digo que seguirás perdiendo el tiempo.

Y esas sí fueron las últimas frases que se dijeron.

En Monte Espuma la novedad es el nacimiento de Alatrum. Sus padres creen que un nombre feo alejará a los malos espíritus. No considero que Alatrum sea un nombre feo, por el contrario, me parece sacado de un libro de magia o algo así. Todo parece indicar que Alatrum tendrá una vida lenta y tormentosa.

Existe una estrecha relación entre un animal y su frecuencia cardiaca. Algunas especies suelen vivir aproximadamente lo que tarda su corazón al latir millones de veces. El colibrí, por ejemplo, tiene más de mil pulsaciones por minutos. Alatrum nació en el Meridiano de la Tristeza y sólo tiene una pulsación cada diez.

Su corazón será grande, pero muy afligido. Eso, es un mal agüero.

Nadie que no sean sus padres se le acerca. Yo lo intenté, pero otras vacas me lo impidieron. Ellas creen que me puedo contagiar. "La tristeza se pega", me han dicho.

En el mes de abril se desborda la represa de risa gigante; cuando Alatrum cumpla cinco años, deberán ponerlo en una nube y dejarlo mojar en la lluvia de risas. Dicen que eso lo ayudará a vivir un poco más feliz. Pero todo depende de las estrellas, porque Cirio es la que marca la crecida de la represa, y si ella no sale, no crecerá. Cada dos años, los rayos del sol penetran en las vacas de Monte Espuma y absorben toda la tristeza de sus almas y la lleva hasta el Meridiano.

Si Alatrum no logra desprenderse de su tristeza por ninguno de estos medios, deberá someterse a un proceso de momificación durante setenta días, después le abrirán la boca para que toda la tristeza vaya a unirse con el llanto. Este es el último recurso.

Alatrum no aprenderá el bramiliano como idioma natal, sino el kágua, un dialecto casi olvidado por los montespumenses. Hasta que cumpla cinco años estará encerrado en el Templo Perdido.

En casa, que los conejos tengan conejitos nos da alegría a todos. Pasamos rato cerca de la jaula viéndolos nacer. Pero Monte Espuma estaba hoy muy ruidoso; más el ruido de los tambores que anunciaban el nacimiento; más las vacas bramando hechizos en contra del Meridiano de la Tristeza; más Bacornio hablando sin parar al lado mío.

Isa ya me esperaba. Corté para ella una rosa blanca en el jardín de María. No me advirtió llegar. Me acerqué por detrás y le dije al oído, en voz baja:

—Cultivo una rosa blanca, en julio como en enero, porque mi amor es sincero, porque tu mano es muy franca. Si tu corazón me arranca el corazón con que vivo, cardos ni orugas cultivo, cultivo una rosa blanca.

Los ojos le brillaban y tenía los labios pintados. Era la primera vez que la veía con los labios pintados. Me dio las gracias y nos sentamos muy juntos. Como se sientan los novios.

—Pensé que no vendrías.

—Tuve que cocinar, planchar, barrer... ¿y tú, qué haces de noche?

Se rió, y el cielo se quedó muy oscuro. Cuando Isa ríe, todas las estrellas dejan de alumbrar allá arriba tan alto y bajan a posarse en sus ojos.

—Dormir y callar.

Yo trataba de encontrar las mejores frases para cautivarla. Estaba feliz. Pero las estrellas regresaron al cielo rápidamente cuando vi venir a Cancho y a Mindi.

—¿Ustedes no se hablan?

—No.

—¿Por qué?

—Porque no.

Ahora voy a confesarlo: no me gustó mucho que ella se diera cuenta de la cara que puse cuando los vi venir. A medida que iban avanzando hacia nosotros, mi cara cambiaba su expresión y era como si indicara que algo iba a suceder.

–Hace mucho calor, ¿no crees?

Ellos no me saludaron, pero Mindi cometió el error de decir, "cuidado Isa, no vaya a ser que una vaca de Monte Espuma te ensucie la cara." Y yo cometí el error de levantarme del banco e iniciar la pelea. Al principio sólo éramos él y yo, pero cuando Cancho vio que Mindi estaba perdiendo, también se metió. Ése era un pacto que teníamos como amigos, interferir si uno de nosotros estaba perdiendo una riña. La pelea no duró mucho tiempo, Isa se asustó tanto que empezó a gritar y unas personas mayores nos desapartaron. Uno de los hombres conocía a mi tío y estaba muy sorprendido de verme en esas condiciones. Mindi estaba muy molesto porque su camisa nueva se había roto en el forcejeo y me gritaba cosas y hacía ademanes para volver a golpearme.

–¡Por culpa de este anormal!

–¡Más anormal serás tú, fresco!

El hombre le preguntó a Isa que si ella andaba conmigo y le pidió de favor que me llevara a mi casa, mientras él tenía aguantado a

Mindi por un brazo y a Cancho por el otro. El se quedó allí con ellos dos, diciéndoles unas cuantas cosas y desde lejos yo escuchaba a Mindi decir, "¡deja, deja que se vaya como las gallinas, yo lo agarro en la escuela!"

La suerte fue que Isa no quiso hablar durante todo el camino, pero yo sentía que ella estaba muy molesta y me dio vergüenza que le explicara a mi madre todo lo que había ocurrido. Mi madre la invitó a pasar y le pidió a mi tío que se vistiera "para que lleves la muchachita a su casa". Yo tenía sangre en un codo y estaba en el baño limpiándome mientras ellas conversaban en la sala. Dijo, "no, gracias, a mí no me gusta la guanábana", cuando mi madre le ofreció el batido. El corazón se me enfrió cuando le escuché decir eso porque la guanábana es mi fruta preferida y sentí como si el dolor y la ardentía del codo me pasaran por todo el cuerpo. Entonces mi tío estuvo listo y yo me demoré en el baño para no tener que despedirme. Ya se habían ido y mi madre estaba tocándome la puerta cuando la escuché regresar y decir, "perdone, doña Martha, es que… se me quedaba la flor". Justo ahí salí del baño y le dije:

–Gracias, Isa…, nos vemos mañana.

–De nada. Sí, mañana conversamos –y por esa actitud me di cuenta de que no estaba tan molesta como yo creía y que ella le caía muy bien a mi madre.

Se marchó y esa fue la parte en que mi madre aprovechó para darme un sermón.

Hace ya bastante tiempo leí en un libro que todo lo que se busca termina encontrándose. En ese momento dije "eso es mentira" porque andaba como un loco buscando mi guante de béisbol y jamás lo encontré. Pero hoy, después de conversar con Bacornio, me retracto. Por fin ella ha encontrado el amor de su vida, y eso es algo difícil de encontrar. Algunas personas pasan años buscándolo sin encontrar más que decepciones, y otras lo tienen delante de sus ojos y no lo ven. Menos mal que yo a penas vi a Isa supe que sería mi gran amor, por eso busqué la manera de conquistarla. Hasta que lo conseguí.

Bacornio se ha enamorado de Sapotoro. Ya se sabe que un sapotoro es un toro con cara de sapo, pero éste no. Lo de sapo viene desde que era un bovino, le gustaba comer sapote, unas nubes con sabor a mamey muy peculiares en Monte Espuma, y por eso le apodaron así.

"Sapi", como ella lo llama amorosamente, es uno de los toros más originales de Monte. Luce pulseras de bejucos en todos los cascos, en

el cuello lleva una cadena de polvos de mariposas y tiene aretes en las orejas y en la lengua. Además, él es blanco, pero se pinta unas manchas negras que le dan un toque especial. Le encanta la música y ahora quiere formar un grupo en el que Bacornio será la cantante. Le está enseñando a tocar la flauta de caramelo.
Por el sonido de la flauta se conocieron.

A Bacornio le gusta merodear por los lugares más recónditos y apartados de Monte. Me contó que esa mañana estaba muy desanimada pensando en lo sola que se sentía, y pastando en el sendero de las mariposas escuchó una melodía dulce y suave. No pudo resistirse y la imitó con un silbido. Pensó que era alguna estrella cantarina. Al instante escuchó otro sonido y lo volvió a imitar. Así cada vez, hasta que estuvo frente por frente a la melodía, que no era otra cosa que Sapotoro con su flauta.

—¿Sabes entonar?

—No, yo…

—Te escuché entonar mis notas.

—Silbaba.

—Silbas muy bien. ¿Quieres que te enseñe?

—¿Podrías?

—Claro, las vacas que tienen un cuerno en la frente son las mejores aprendices que he tenido.

–Pero…yo soy la única en Monte Espuma que tiene un cuerno en la frente.

–Por eso, serás la mejor, porque eres única.

–Gracias.

Dice mi tío que los amores que comienzan por la amistad son los más sinceros. Bacornio y Sapotoro pasaban mucho tiempo juntos, compartiendo peripecias y hablando de sus cascos. Mientras nosotros conversamos sobre libros, juegos, películas, canciones y toda clase de cosas que se nos ocurren, en Monte Espuma los enamorados hablan de sus cascos.

Ella está feliz. Casi no puede concentrarse en nada porque tiene la cabeza llena de enamorados pensamientos. Yo la entiendo, eso me pasa a mí con Isa cuando memorizo una y otra vez mi primer encuentro con ella.

Sucedió el primer día de curso escolar. Desde el cuarto piso Cancho, Mindi y yo observábamos toda la escuela. Es divertido ver cómo los que entran nuevos intentan relacionarse con los de grados mayores, y éstos, a su vez, tratan de impresionarlos con aires de superioridad. Venía con una mochila llena de libros que fue a recoger antes de que comenzaran las clases, porque a Isa le gusta ser muy ordenada y ya los traía forrados. Enseguida me di cuenta que era nueva igual que nosotros, por la manera de caminar en línea recta sin mirar a nadie. "¿Ustedes ven esa niña que viene por ahí", le dije a mis amigos, "ésa, va a ser mi novia". Ellos empezaron a reírse, pero no les hice caso. Me apresuré en bajar las escaleras para ayudarla. Nos conocimos en ese instante y ninguno de los dos sospechábamos que caeríamos en la misma aula.

—Déjame ayudarte con la mochila –le dije.

—No, deja, casi no pesa– me respondió un poco asombrada.

—Dale, chica, déjame ayudarte. A simple vista se ve que pesa.

—Bueno, está bien. Gracias.

Cargué la mochila con cuidado y le pregunté cómo se llamaba, si era nueva en la escuela, cuál era su asignatura favorita y así entablamos conversación. Al principio ella contestaba sólo lo necesario, pero después se sintió más cómoda porque no dejaba de hablar y de hacerme preguntas. A ratos yo miraba a Cancho y a Mindi que me hacían burlas desde arriba.

Llegó la hora de formar. Nos despedimos y cada uno agarró por su lado, pero nos dio mucha alegría cuando nos vimos en las filas del mismo grupo. Izaron la bandera y cantamos el himno. Subimos a las aulas guiados por la maestra y cada uno se sentó en el puesto que quiso; la maestra nos cambió después a su manera. Cancho y Mindi detrás de mí; yo, tres puestos detrás de Isa. Ahí comenzó mi truco de mirarle fijamente a la nuca para que se dé vuelta. La primera vez que se viró a mirarme le guiñé un ojo. Estoy seguro que ese día ella supo que yo estaba enamorado. Comencé a dejarle flores en el asiento; siempre cuidando no ser visto, como el típico zorro que enmascara su amor legendario.

Querido Dios:

Te escribo esta carta porque sé que tienes el poder de leerla aunque no la envíe a ningún destinatario con tu nombre. En la película todas las cartas quedaban amontonadas en el correo del pueblo, pero aún así tú hacías que las cosas ocurrieran. Manolito dijo que eso nada más sucede en el cine, y puede ser verdad, pero a mí me gusta pensar que realmente ese niño cambió la vida de muchas personas gracias a las cartas que te escribía.

Quiero hacer lo mismo. Creo que tú eres el único que puede ayudarme. Extraño a mi hermana Itzen. No sé quién es mi padre. Mi mejor amiguita se fue a los Estados Unidos. Estoy enamorada de Manolito y no me gusta la geografía. La profesora amenazó con darle las quejas a mamá. Ella no se enoja fácil. Sólo me quitará la televisión y tendré que estudiar de sol a sol, pero no quiero que Itzen se entere. No quiero que ella piense que yo no estudio. Lo que sucede es que no me gusta cómo enseñan la geografía. Yo la veo de otra forma. Me gusta pensar que el Océano Pacífico se ganó ese nombre cuando el resto de los océanos estaban luchando a ver cuál tenía los corales más exóticos y los peces más originales. Él prefirió ser un pacificador entre ellos y le otorgaron el Premio Nobel de la Paz.

Manolito es como el Océano Pacífico. A los otros niños les gusta pelear hasta convertir el uniforme en harapos, pero él prefiere la lucha inteligente. No explico cómo perdió el control y se fajó con sus amigos. Nadie puede ganarle en una guerra verbal. Él interviene en las disputas y logra que los "guerreros de Alejandro Magno" se den las manos y hagan las paces. Nosotros somos novios. Lo más difícil de ser novia de Manolito es que no puedo expresarle libremente mis sentimientos. He notado que entre nosotros sobran las palabras y sueño con el día en que me pregunte, "¿te quieres casar conmigo?". Mélody decía que él es muy tímido, que debo ser yo quien lo bese. Estuve a punto de hacerlo cuando jugamos en el refugio. Oscuro como estaba todo allí debajo, era la ocasión perfecta, pero no me atreví porque yo nunca he besado a nadie en la boca... ¿Y si lo hago mal? ¡Ni pensarlo!

Estoy practicando con la mata de plátano que hay detrás de las guayabas. Allí no me ve nadie y es muy divertido. Pongo las hojas de plátano alrededor mío, cierro los ojos y le digo:

—Manolito, ya puedes besarme–. Entonces, siento cómo nuestras narices se aproximan... y hasta puedo jurar que percibo su aliento... el corazón se me quiere salir; aprieto muy fuerte las manos y dejo que sus labios se peguen a los míos... ¡En la última práctica me gané un buen regaño porque manché toda la ropa y la mancha de plátano no se cae! Mamá estuvo alegando toda la semana.

De mi padre, ¿qué te puedo contar? Tú eres Dios, debes conocerlo mejor que yo. Lo único que quiero es saber quién es él, dónde vive, si tiene más hijos, y si algún día puede llegar a quererme. Por favor, Dios, respóndeme.

Te doy las gracias por regalarme una hermana como Itzen. Y te pido, por favor, que me la devuelvas pronto.

Amén.

Llegamos tarde. Siempre llegaba tarde. Recuerdo que estando en pre-escolar, una mañana, la maestra se apareció en la casa con todo el grupo. Mi madre todavía estaba durmiendo y yo también, por supuesto. Tocó a la puerta sin descanso y cuando mi madre le abrió, soñolienta, con los ojos hinchados, la maestra le dijo:

—Buenos días, mamá. Hemos venido a buscar al niño. Espero que mañana usted lo lleve puntual.

Mi madre, de la vergüenza, no sabía dónde iba a meterse. La invitó a pasar pero ella prefirió quedarse afuera con mis compañeros, esperando que yo terminara de vestirme. Hubo un tiempo después de ese incidente que me llevaba puntual a la escuela. Pero por aquellos días laboraba hasta muy tarde y le costaba trabajo levantarse temprano. Siempre tuve problemas de impuntualidad.

Me dejó en el aula. Todos mis compañeros se estaban riendo porque mi mamá me había llevado. Solíamos burlarnos de todo al que los padres llevaban, por eso ya sabía que me iban a ridiculizar. Desde cuarto grado iba solo a la escuela. Esta vez mi madre necesitaba pedirle permiso a la profesora para llevarme a un turno.

Antes de sentarme en mi puesto le pedí una cosa a la profesora en el oído. Me giré hacia el otro lado y nadie escuchó. Se dieron cuenta de lo que era cuando me senté al lado de Isa, en el puesto de Manditín. No había asistido porque estaba enfermo de la garganta.

Cancho me miraba de reojo. Mindi alcanzó mi mirada e hizo un ademán como queriendo decir "tú sabes lo que te espera, ¿no?" Pero yo no sentí miedo alguno, estaba junto a Isa, y sin que ella lo supiera me daba mucho valor.

—¿Cómo tienes el codo?

—Bien, no fue nada. Malo es que no me quieras por buscar pleitos.

—Después hablamos de eso. Dale, copia.

Yo odio las matemáticas, pero esa fue la clase que me más me gustó. Isa resolvió los ejercicios conmigo y me ayudó en todo. Extrañamente comencé a sentir aprecio por la profesora, creo que se debe al hecho de dejarme sentar al lado de mi novia. En el recreo nos quedamos conversando en el aula y ella me hizo prometerle que nunca más me dejaría provocar por nadie. Yo le dije que sí, pero lo único que no podía permitir era que le faltaran el respeto. Pasé un día maravilloso en la escuela y jamás me acordé de las amenazas de Cancho.

Como tuvimos unos turnos extras de computación y esos terminan de noche, acompañe a Isa hasta su casa. En la puerta nos despedimos y nos besamos en la boca.

X

Familia:
Andrés y yo visitamos la Virgen del Quinche. Es
muy famosa porque concede milagros. Es algo así
como la Virgen de la Caridad del Cobre para no-
sotros. Alrededor de la iglesia todo es una gran
fiesta popular. Esta es la foto típica del que visita.
Los caballitos me resultaron graciosos.

Se nota que no son de verdad. El mejor caballo del mundo es éste. Itzen me lo regaló. Lo hizo ella misma con un palo de escoba. Itzen me enseñó a crear juguetes. "La herramienta más importante, ya la tienes. Usa tu imaginación". Activa tu magia Itzen, echa a trotar esos caballos... ¡ven por mí!

Cuando te marchas, algún sueño te llevas. Y una porción de tu tierra está como llamando siempre. Cuando te marchas, la novedad te asalta en todas las esquinas, y aquello atado a tu corazón te recuerda de dónde vienes. Cuando te marches, ve contigo. Viajar con el cuerpo no es sano para el alma. Ve contigo. Márchate de veras. Con todas tus pasiones y tus voluntades. Para regresar sólo tienes que activar el recuerdo. Aquel canto de la tierra te acompañará, y si algún día ya no puedes escucharlo, otra vez márchate. Pero márchate siempre, de todos los lugares, y de ti. Sin dejar señales, ni rastro de señales. Márchate de veras. Con el corazón por delante. Vivir no es otra cosa que ir abandonando estaciones.

Estoy pensando seriamente en la propuesta de Itzen. La profesora está cada vez más insoportable. Dice que si no apruebo el examen final de geografía tendré que repetir el grado. La que tiene que estudiar "geografía de la bondad" es ella, para que la ubique.

—Profesora, ¿usted sabe contar? Para que no cuente más conmigo. Estoy harta de sus procedimientos. ¿Y sabe qué?, tendré que decirle a mamá que vaya por mis lentes, tengo un problema de visión: ¡Yo no me veo repitiendo el grado! Por mi parte, ya lo tengo decidido, le voy a aplicar el "ácido", "ha sido" un placer estudiar en esta escuela.

Querido avesario:

Es mi turno para decir adiós. Adiós a las mariposas y al cundiamor. Adiós a la mata de plátano en el guayabal. Adiós a los barcos de papel corriente abajo después del aguacero. Adiós a los recuerdos del abuelo. Adiós a mi padre. Adiós al Arroyo Impuro. Adiós a las flores y a los Héroes de la Patria. Adiós a los vecinos y amigos del barrio. Adiós al Fantasma de los Dientes Caídos. Adiós a las historias de miedo. Adiós a los cocuyos. Adiós a esta casa. Adiós a la maestra Carmela y adiós a la profesora insoportable. Adiós a Manolito. ¿Adiós a Manolito? ¡No, Manolito se tiene que ir conmigo! ¿O, me quedo? ¿Me quedo y paso el examen de geografía?

XI

Monte Espuma está de fiesta. Bacornio y Sapotoro se van a casar. Todas las tribus han sido invitadas. Las Vaquirlandesas también, y es que ha sucedido algo mágico, Vaquido —el toro del amor- los ha flechado. Vaquirlandesas y Vaceltas, Montespumenses y Vacones, Vacruidas y Vaquirlandesas, todos, se han enamorado. Es verdad que el amor todo lo puede.

Nunca antes había asistido a una boda, pero ésta me ha dejado con deseos de casarme con Isa.

Antes de iniciar la ceremonia, la dama participa en una rifa de nubes para elegir la nube de miel. El caballero se enfrenta a otros toros en un torneo amistoso para demostrar su valentía. Si la nube de miel que por azar elige la dama, está hecha con néctar de rosas, es una nube roja y olorosa; si es de néctar de girasol, es amarilla y giratoria; será una nube frágil si es de néctar de azucenas y así, en dependencia de las flores. A Bacornio le ha tocado una nube de miel de "No me olvides".

Después, los novios realizan una carrera competitiva. El ganador será el primero en desposar a su pareja. Casi siempre los ganadores son los toros, porque son más ágiles y fuertes. Pero Bacornio tiene un poder mágico en su cuerno y lo ha vencido.

Ellos no usan anillos como nuestros adultos. Una vez que están uno frente al otro, en este caso Bacornio, es la primera en calentar su casco derecho en la nube roja para tatuarlo en las ancas de su prometido. Esto lo hacen, por si acaso uno de los dos quiere romper el matrimonio, sólo podrán desposar a otra vaca u otro toro, que al poner su casco sobre la marca, quede exactamente igual. Algo así como probarse el zapato de Cenicienta.

Es por eso que para casarse en Monte Espuma hay que estar bien seguro, como ninguna vaca es igual a otra, ni ningún toro tiene dos cascos iguales.

Pero en Monte Espuma son muy fieles y nunca se ha dado el caso que una vaca y un toro quieran romper el compromiso.

Además, Bacornio y Sapotoro son bendecidos, porque en la historia de Monte, según Merón, son los primeros en pasar su nube de miel en una de "No me olvides".

En lo demás, las bodas de Monte son como las de las películas, mucha música, mucha comida y bebida; todo es alegría y colorido.

Cuando regrese, le voy a pedir a Isa que sea mi esposa. Hasta podemos ganarnos un Records Guinness por ser las personas más jóvenes en contraer matrimonio.

Mi madre me ha traído a ver la psicóloga. Al principio no quería venir, porque no estoy loco, pero tío Manolo me dijo que lo hiciera para tranquilizar a mi madre. Cuando entré en la oficina noté que había un estante lleno de libros y eso me gustó. La doctora es alta y bonita (no más que Isa). Pensé que sería vieja y gorda y me asaltaría a preguntas para después decirle a mi mamá que necesito tomar pastillas. Pero al contrario, se quitó los espejuelos, le pidió a mi madre que esperara afuera, cruzó los pies con delicadeza, puso la barbilla entre las dos manos y me pidió que le contara mis deseos, sueños o lugares preferidos. Tuve un momento de dudas, no sabía cómo actuar ante ella, pero cuando dije, "mi lugar favorito es Monte Espuma" le brillaron los ojos…

—¿Has estado ahí? —me preguntó —. Cuéntame de Baco y de Merón y del circo de estrellas…

No sabía cuál de los dos estaba más emocionado; ella, por cada anécdota que le hice, o yo, por encontrar la primera persona que además de creerme, había visitado personalmente Monte Espuma. Estuvimos largo rato conversando sobre Monte y sobre los libros que nos gusta leer. Me prestó un libro que le regaló Merón. De Isa no quise hablar para no provocarle celos. No es que la doctora me haya llamado la atención, sino que las niñas son muy complicadas y no les gusta sentirse segundas.

Cuando terminamos la charla prefirió hablar con mi madre en mi presencia. Le preguntó si en casa algún miembro de la familia era artista o estaba relacionado con el arte o las letras. Mi madre le dijo que mi tío era el escritor Manolo Sarduy.

—¡Ah, eres hermana de Manolo! —dijo entusiasmada—. Yo leí su libro. ¡Me encantó! Este jovencito va por el camino de su tío.

Ahí fruncí el ceño y crucé los brazos, porque yo no quiero ser escritor. "Lo que realmente me gusta es la aviación", respondí.

—Por supuesto, una imaginación como la tuya necesita volar —dijo, y me guiñó cómplice un ojo.

Le dio una receta a mi madre que decía, "dejadlo soñar", y concretó la próxima cita.

Ahora me voy corriendo a todo Monte para velocidad….digo, a toda velocidad para Monte…, quiero preguntarle a Bacornio qué edad tenía la doctora cuando visitó por primera vez

Monte Espuma. Voy a llevar el libro que me prestó. Me gusta el título: "Algunos niños no crecen, su imaginación sí".

Ya tenemos todo listo para que tú, abuela e Isa puedan venir a visitarnos.

Estoy feliz, en unos días Itzen estará de regreso. Pero, si me voy con ella, ¿quién plantará las flores para las mariposas, qué harán los cocuyos esta primavera? Sólo pienso en lo triste que se quedará Manolito. Tal vez Itzen lo pueda llevar a él con nosotros. Y seguro él querrá llevar a su madre, a su tío, a sus amigos... ¿Cuántas personas caben en un avión?

Isa:
Muchacha que has nacido con el viento...
¡Cuándo podré echar a volar mis sueños contigo! Por este amor sueño, aunque a veces pareciera que estoy despierto. Y en mis sueños no divago; dirijo mis anhelos a un cierto presente. Habrá un ayer y un mañana que se fusionan.
Si tú te vas, el romerillo perderá sus pétalos diminutos. Los arcoíris se tornarán invisibles, y ningún aguacero de mayo caerá sobre esta tie-

rra. Si te vas, abril será un mes obsoleto, casi olvidado, y nadie querrá sentarse en la pradera a contemplar la armonía de las flores.

No te marches, Isa. ¿Por qué habrás de condenarme a los ríos secos, abandonados por sus peces, resentidos con sus piedras? Esta isla se abrirá en dos mitades si te vas. Eso, sin mencionar las olas de calor, las nevadas, los huracanes y los maremotos que nos azotarán.

Isa, si tú te vas, la llovizna nacerá en mis ojos. Voy a llover semanas enteras, meses enteros, años. Dejaré de imaginar mundos exóticos y me volveré sombrío, como el otoño perpetuo. Creceré. Como ahora, con cada frase. Del dolor surgen ciertas frases que un alma rebosante y próspera no expresaría. El dolor ha robado mi inocencia. Ya no soy un niño. Monte Espuma tardará por lo menos cuatro siglos en volverse a llenar de nueva magia y acontecimientos.

Compadéceme, Isa. No acepto promesas de regreso. Todos los que se han marchado han gastado sus recuerdos.

Si te vas, tú y yo seremos como dos gusanos que no caben en la seda que habitan. Cuando en tus recuerdos me invoques, que tus ensueños rocen mi arcoíris, y destellen la luz que estaré siempre alumbrando por ti.

113

Tu adiós tiene la adivinadora certeza de un adiós concedido milenios antes. Si te vas, permite que resguarde tu risa. No significa que puedo acostumbrarme a estar sin ti, pero tu risa sería lo único que me salvaría de caer mortalmente enfermo.

Si hay alegrías como ríos —anchos, largos, rápidos— también existen tristezas como océanos —profundos, misteriosos, lúgubres—. Para sufrir bien, hay que padecer por lo menos un amor y tres soledades. Conozco la soledad. Es un perro viejo que merodea por la isla. Aguarda un descuido para colarse y morder como el más fiero de la jauría. No es precisamente rabia lo que diagnostica. Intento explicarlo como una hiedra que va trepando de recuerdo en recuerdo. Créeme, Isa, la soledad puede atacar a quien le parezca. Para abolirla, contemplo siempre el ave que alza el vuelo porque no sé qué pena mía me arranca. Acepta mi tarde de la buena suerte, mi herradura de los desafíos, el arcoíris de todas mis victorias. La fórmula es ambicionar la vida, verás cómo se marcha con un alarido entre las patas. ¿Cuál vida podría ambicionar si te marchas? Porque no podré redimir esta suerte de mar penetrando en la distancia. Aquí el día me sorprende con ningún horizonte. El cocotero ya no da sombra a mi esperanza y esta botella llegará a ninguna playa.

Ningún bañista la recogerá ni curiosamente se dispondrá a leerlo. Porque no lo he escrito. ¿Por qué no lo he enviado? Porque no estoy náufrago. ¿Por qué estamos presos? Cada cual de su propio destino.

Desdichado yo, que no puedo deleitarme con la espuma… tengo que dejarla volar detrás de los delfines vueltos glaciares de todos los mares, relámpagos de todas las tormentas, lucero de todas las noches. Desdichado yo, que no puedo deleitarme con la espuma, ni besarla con mi arena, ni soñar con ser arena, ni olas, ni playas. Acaso esas olas no harán nido en esta playa, pero besarán otras arenas. Acaso en otras arenas todavía no atraquen esas olas…, pero anidarán en otras playas. Yo dejo mi corazón a la deriva, sin islas y sin puertos.

Ahora crece tú.

Otros títulos de María Milnne
publicados por
La Pereza Ediciones

Y tiritas azules y los sapos son viejos

Señalado por un "imaginario prolijo, un imaginario lleno de fantasía, inocencia y lágrimas", Y tiritas azules o los sapos son viejos, narra las vivencias de una ingeniosa e inteligente niña, que se ocupa (a veces personalmente) de relatar sus travesuras, la relación ¿cotidiana? con su familia y amigos. Ora la vemos subastando la noche, ora es experta en armar y desarmar familias; mantiene una estrecha amistad con el cielo; dicta manifiestos; sabe dar consejos para vencer la distancia; es la encargada de destrabar los arcoíris atorados en la línea del tren; atiende las quejas y sugerencias en la oficina de sus sueños; construye pozos para el mal genio... ¡y nunca dice mentiras en otoño y primavera!

Pitusa y Eusebio

Pitusa ha nacido con una enfermedad muy rara y tremenda: el Sol, fuente de toda vida, es para ella mortal. Ha de vivir confinada en la noche, en la oscuridad, al cobijo de la luna y las estrellas, y jamás podrá disfrutar las maravillas que con su luz ilumina el astro rey. Pero Pitusa conoce a Eusebio "pastillita de chocolate", que emprenderá la gran aventura de liberar a su amiga de la maldición. Esta es una historia de Amor, en la que resuenan siempre al fondo las canciones de Teresita Fernández, y también por ello es un canto a la Bondad, la Inteligencia y la Imaginación, virtudes que nunca faltan en el corazón de un niño bueno, nunca más hermoso que cuando hace el bien.